美文馆

U0619599

最清新的自然美文

主编◉马国兴 吕双喜

赴一场心静如菊的

盛宴

FU YICHANG XINJINGRUJU DE SHENGYAN

每个人的人生，恰如由一篇篇小小说与美文组成，一页翻过，又是新的篇章，看似毫不相干，却又唇齿相依。

"小小说·美文馆"丛书，所选作品思想内涵、艺术品位和智慧含量兼具，在这个信息碎片化的网络时代，为您提供精良的智慧读本。

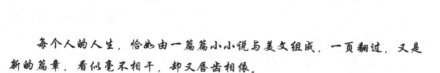

郑州大学出版社

图书在版编目（CIP）数据

最清新的自然美文·赴一场心静如菊的盛宴/马国兴，
吕双喜主编 . —郑州：郑州大学出版社，2013.5（2023.3 重印）
（小小说美文馆）
ISBN 978-7-5645-1396-2

Ⅰ.①最…　Ⅱ.①马…②吕…　Ⅲ.①小小说-小说
集-中国-当代　Ⅳ.①I247.8

中国版本图书馆 CIP 数据核字（2013）第 043815 号

郑州大学出版社出版发行

郑州市大学路 40 号　　　　　　　邮政编码：450052
出版人：孙保营　　　　　　　　　发行部电话：0371-66658405
全国新华书店经销
三河市鑫鑫科达彩色印刷包装有限公司印制
开本：710 mm×1 010 mm　1/16
印张：13
字数：230 千字
版次：2013 年 5 月第 1 版　　　　印次：2023 年 3 月第 3 次印刷

书号：ISBN 978-7-5645-1396-2　　定价：42.00 元
本书如有印装质量问题，请向本社调换

"小小说·美文馆"丛书

总策划、总主审

杨晓敏　骆玉安

编委名单

主　编　马国兴　吕双喜

编　委　（以姓氏笔画排序）

王彦艳　牛桂玲　李恩杰

步文芳　连俊超　郑兢业

梁小萍

序

杨晓敏

书来到我们手上，就好像我们去了远方。

阅读的神妙之处，在于我们能够经由文字，在现实生活之外，构筑属于自己的精神生活。透过每篇文章，读者看到的不仅是故事与人物，也能读出作者的阅历，触摸一个人的心灵世界。就像恋爱，选择一本书也需要缘分，心性相投至关重要，阅读的过程中，你会发现他与自己的不同，而你非常喜欢，也会发现他与自己的相同，以致十分感动。阅读让我们超越了世俗意义上的羁绊，人生也渐渐丰厚起来。

在这个信息碎片化的网络时代，面对浩若烟海的读物，读者难免无所适从，而阅读选本无疑是一个不错的选择。从《诗经》到《唐诗三百首》再到《唐诗别裁》，从《昭明文选》到"三言二拍"再到《古文观止》，历代学者一直注重编辑诗文选本，千淘万漉，吹沙见金。鲁迅先生说过："凡选本，往往能比所选各家的全集更流行，更有作用。册数不多，而包罗诸作。"为承续前人的优秀传统，我们编选了"小小说·美文馆"丛书。

当代中国，在生活节奏加快与高科技发展的影响下，传统的阅读与写作方式发生了深刻的变化，小小说应运而生，成为当下生活中的时尚性文体。小小说注重思想内涵的深刻和艺术品质的锻造，小中见大、纸短情长，在写作和阅读上从者甚众，无不加速文学（文化）的中产阶级的形成，不断被更大层面的受众吸纳和消化，春雨润物般地为社会进步提供着最活跃的大众智力资本的支持。由此可见，小小说的文化意义大于它的文学意义，教育意义大于它的文化意义，社会意义又大于它的教育意义。

小小说贴近生活，具有易写易发的优势。因此，大量作品散见于全国数千种报刊中，作者也多来自民间，社会底层的生活使他们的创作左右逢源。一种文体的兴盛繁荣，需要有一批批脍炙人口的经典性作品奠基支撑，需要有一茬茬代表性的作家脱颖而出。所以,仅靠文学期刊,是无法垒砌高标准的巍巍文学大厦的。我们编选"小小说·美文馆"丛书,是对人才资源和作品资源进行深加工,是新兴的小小说文体的集大成,意在进一步促进小小说文体自觉走向成熟,集中奉献出思想内容与艺术形式兼优的精品佳构,继而走进书店、走进主流读者的书柜并历久弥新,积淀成独特的文化景观,为小小说的阅读、研究和珍藏,起到推波助澜的作用。

编选"小小说·美文馆"丛书,我们选择作品的标准是思想内涵、艺术品位和智慧含量的综合体现。所谓思想内涵,是指作者赋予作品的"立意",它反映着作者提出(观察)问题的角度、深度和批判意识,深刻或者平庸,一眼可判高下。艺术品位,是指作品在塑造人物性格,设置故事情节,营造特定环境中,通过语言、文采、技巧的有效使用,所折射出来的创意、情怀和境界。而智慧含量,则属于精密判断后的"临门一脚",是简洁明晰的"临床一刀",解决问题的方法、手段和质量,见此一斑。

"小小说·美文馆"丛书共计十卷,分别为《最具想象力的叙事美文·深夜里游走的路灯》《最具感染力的爱情美文·当你孤单你会想起谁》《最具欣赏性的幽默美文·能说话的那堵墙》《最具实用性的写作美文·活着的手艺》《最具领悟力的哲理美文·有温度的词汇》《最具启发性的智慧美文·领着自己回家》《最难忘的军旅美文·沉默的子弹》《最生动的动物美文·一只在夜色中穿行的猫》《最清新的自然美文·赴一场心静如菊的盛宴》《最给力的草根美文·消逝的事物》。一定意义上说,人生就是由一篇篇小小说组成的,希望"小小说·美文馆"丛书为你的阅读人生增添美妙的元素。

好书像一座灯塔,可以使我们在瞬息万变的社会不迷失自己的方向,并能在人生旅途中执着地守护心中的明灯。读书是一种积极的生活情趣,一个对未来的承诺。读书,可以使我们在人事已非的时候,自己的怀中还有一份让人感动的故事情节,静静地荡涤人世的风尘。当岁月像东去的逝水,不再有可供挥霍的青春,我们还有在书海中渐次沉淀和饱经洗练的智慧,当我们拈花微笑,于喧嚣红尘中自在地坐看云起的时候,不经意地挥一挥手,袖间,会有隐隐浮动的书香。

(杨晓敏,河南省作协副主席,郑州小小说文化传媒有限公司董事长、总编辑,《小小说选刊》《百花园》主编。)

目录

3

清水塘絮（三题）

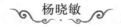

杨晓敏·

弯弯的绿界

　　我的故乡在豫北的获嘉、新乡和原阳三县的交界处,应属平原中的平原了。我从二十世纪七十年代中期入伍离开故乡,至今已二十年了。故乡可爱,故土可亲,真正令我梦牵魂绕的,该是那一环像青萝带一样,镶在故乡裙边的一湾清水塘了。

　　不知从何年月开始,乡人为保护村子的安全,由人力挖掘成"寨壕"。浅则一米,深则二三米,宽十米左右。兵荒马乱的年代,如遇到土匪抢劫或其他险情,呼啦地吊起寨门。这种简易而实用的防范措施,宛如护城河一般。我记事时早没了寨门,路口处的水塘由涵洞相通,水多了任它从路面上漫过去。整个村子的地形南高北低,偶尔大雨滂沱,满塘儿乃至满街里水波漾动,向北边蜿蜒流去。这时候塘里的鱼儿、泥鳅和蝌蚪们钻进来,逆水而行,在浅浅细流里穿梭,处处可见。我和我的伙伴们光着脚丫子,踩着飞溅的水花儿,追逐那些活泼可爱的小精灵,别是一番情趣。

　　清水塘常年不枯,绿水涟涟,水量随季节发生变化。塘两边有水柳、苦楝、刺槐和茅草,仿佛小小的防风林。二十世纪六十年代,我度过了四岁至十四岁的少年时代。混沌初开,尽管周遭世界曾经几度沧桑,饱经忧患,我仍能够在宽厚得能包容一切的故乡里,在父老乡亲的庇护下,睁着亮晶晶的眼睛,把欢乐和幸福、思索和憧憬,播植在人生启蒙的旅途上。

　　有清清的一泓水塘做证。

　　满塘儿蓬勃茂盛的芦苇、蒲条,一溜儿过去,构成景色宜人的风景区。

还有一种节生的水草，我至今也不太叫得上名字。它稀疏错落地点缀其中，每节犹如长长的小葫芦，泛着粉红的颜色，风摆杨柳似的扭动美人腰。田田的荷叶，层次分明，遮住水面上的杂草和苔藓。时有顽皮的鱼儿，炸起一簇脆响，跃上紧贴水面的荷叶儿，闪一团白光，又匆忙蹦入水中，漾起一串串水漩儿，影儿没入草底。浓荫下，塘边儿，满目青翠。树上鸟儿啼啭，水中鱼儿跳跃，该是人类寻觅的天籁了吧。

许多年后，我才从一本书上，读到这样一个故事：一个阔佬问渔人，你怎么把钓竿插在塘边，悠闲地睡大觉呢？渔人回答，不可以这样吗？阔佬说，你应该不停地钓鱼，多挣钱。渔人说，多挣钱干什么呢？阔佬说，你有钱了，可以像我这样享受生活呀。渔人问，睡觉和散步，你觉得哪样更闲适呢？阔佬无奈，只好回答说，当然，睡觉的确是美好的。渔人说，你说得对，我已经像你说的那样做啦，你不觉得是吗？阔佬无语。假若我们排除渔人思想中的懒惰因素，如果能够随意地度过一个轻松、恬淡的人生，不也是一种理想的境界吗？许多年过去了，也许是我经历过太多的坎坷和奔波，觉得太疲倦的缘故，每每要想起故乡的清水塘。现代人的物质生活，令人眼花缭乱地变化着，人的欲望还有什么不能满足呢？你还希图拥有什么呢？试问，你能拥有一片属于自己的静谧的氛围吗？每当我回忆起童年的欢乐时光，梦里都要陶醉几回。

尤其雨后新晴，一时塘满为患，水漫金山似的，荷叶儿面临灭顶之灾，那副摇摇欲坠的模样，让人陡起无穷怜意。待水势骤下，满塘儿又沐浴一新，景色依旧。盆儿大小的荷叶上，托起蓄积的些许雨水，折射出粲然的光彩。一阵风掠过，荷冠倾斜，积水次第抖动滑出，满塘的击水声，随风远逝，哗啦哗啦地倾入水中。我猜想，大珠小珠落玉盘的诗句，必是由此景吟成。

十岁大小的童稚，自然是少年不识愁滋味，塘边儿流连忘返，无形中被一种诱惑导引着。一条大鱼的穿梭，一只青蛙的跃入，一条水蛇的蓦现，你喊不出声来却按捺不住突突的心跳，独自沿着杂草丛生的塘边儿溜达，平添了几多探险的勇气。

夏日的诱惑

春暖花开时，故乡的清水塘里，一夜之间，变戏法儿似的会冒出青黄的莲角、芦尖和蒲条来。乍出水时仿佛一派刀枪剑戟，尔后一天天舒展出各自的独特模样。水鸟栖身，蜻蜓迷恋，塘边的草丛中蚱蜢蹦跳，清水塘又开始展示自己的魅力了。

由于先辈家境贫寒，父母均不识字，让我五岁入学，自有其良苦用心。如遇星期天节假日，下地挣工分吧，生产队嫌小，父母亦不忍心，家务又轮不到我做。去塘边儿玩耍，成为第一选择。塘边儿有牛犊儿羊羔儿啃草，时而把蹄子踏入浅水里，探头去咬鲜嫩的芦尖。我玩累了，会把书包枕在头下，仰卧在草坡上，一只腿曲蜷在另一只腿上，口里咀嚼一枚小草棒，让白云托起一环环天真的彩色梦幻，荡得远些再远些。回家路上，拧一管柳笛，哇哇地吹奏唢呐般的曲调；切一片芦叶，模仿啾啾的鸟音；顶一张荷叶，挖两个眼洞蒙在头上。谁说我不是天下最惬意的少年呢！

炎炎的夏日，清水塘无时无刻不荡漾在故乡人的心田。我们那儿把午间休息叫"歇晌"，不安分的青壮们，吆一声，咱们去蹚藕吧。即刻会呼啦起一群，扑通扑通地下塘了。在水中既可避暑，又可调剂生活节奏，何乐而不为呢？一般都从淤泥松软的地方下水。蹚藕人一手扪着一茎莲藕，用一只脚丫尖儿凭感觉向污泥里搜寻，脚脑并用，着实有一种令人心旷神怡、奇妙无比的况味。塘边儿观者一溜儿助阵。满塘的蹚藕人，像鱼漂似的在水中耸动，漾起一圈圈涟漪相撞。在蹚藕过程中，每个人从面部表达出来的怪姿态，天然一幅滑稽图。一会儿有人捏着鼻子没入泥水里，咕嘟嘟冒一串气泡。出水时猛甩一头泥浆，抹一把面颊，手中便舞动一挂雪白的藕节来。"嘿！接住！"藕节飞向岸上，引来一阵忙乱一片啧啧的赞叹。不会蹚的，尽是小藕和断节，得到的是嘘嘘的嘲弄。

大概是七八岁的那年，我第一次下水塘里蹚藕，非但一无所获，还引起一场虚惊。因为蹚藕是一项挺讲究技巧的劳动，脚爪子要不停地在淤泥中小步移动，才能成功。倘若不小心把莲茎踩断了，脚下便失去依据；如果中途换脚，又不容易找到位置，只好宣告报废，另觅新穴了。踩得不到位，速度太慢，则成效甚微。我初入此道，竟连连告败。更为糟糕的是，我的腿肚子上被带刺的莲茎挂破了，隐隐渗出血丝来。我沉浸在初次蹚藕的亢奋、欢愉中，有点忘乎所以了。后来觉得腿肚子痒痒的，伸手在水里摸了一把，感觉滑腻腻的，内心一阵恐惧。顾不上已蹚到的藕节，匆忙到塘边一瞧，禁不住哇一声哭了。腿肚上的伤口处，紧贴着一条雄赳赳的大蚂蟥。我一把没捏下来，眼见得它已钻入肉中一大半了。大人常讲，大蚂蟥能顺着血管，钻到人的身体里生存，慢慢地把人的血吸干。这是多么可怕的后果，人还能活

吗？大人说唯一的办法是，一旦发现它尚未完全钻进肉里，便抡圆鞋底狠命打它。人要咬牙忍住痛苦，直到把它揍得自行退出来。我嘤嘤地抽泣着，抓起鞋子便抡了上去。

这时候，一直蹲在塘边凑热闹似的看我蹚藕的邻居爷爷踅过来，扬手挡住我的胳膊。他慈祥地用烟锅敲了一下我的头，讥笑道："傻瓜蛋，恁笨！"他按我坐下，折一草棒从烟锅里剜出一团污黑的烟油，三两下涂抹在蚂蟥身上。只一瞬间，奇迹发生了，正拼命吸吮血液向肉里钻动的蚂蟥开始痉挛，缩卷身子从我腿上掉落，继而失去知觉不再蠕动了。

爷爷望着我怯怯的、疑惑的眼睛，告诉我说，蚂蟥吸血，但钻不到人身体里。用鞋底打，是大人怕孩子下塘玩水，弄出事来，编出来吓唬人的。现在懂了吧，我可是再也哄不住你了。

从此我不再惧怕蚂蟥，对大人们说的话，也时不时在脑海中打个大大的问号。

苦乐年华

我家的南边，有一片不太规则的南窑塘，约有五六十亩大小。不知从什么年代起，村里在此处建窑烧砖，就地挖土，逐渐掘成一大块可观的低洼地。雨水日积月累，形成全村最大的清水塘。即使在干旱的冬季，塘边儿水位骤降，南窑塘的西南角，仍有一带深水域，凝结着一层薄薄的冰片儿。南窑塘名扬乡里。

南窑塘给故乡带来的欢乐，绝不仅仅限于夏季。它犹如一个聚宝盆，对于钟情于劳作的人来说，清水塘会毫不吝啬地奉献出它的宝藏。秋末冬初，落叶萧萧，在一派朔风肃杀中，荷叶儿残败凋零，芦花儿被风吹散，蒲条儿东歪西倒，水鸟也迁徙。随着农闲的到来，塘边儿陆续多了挖藕人。

在泥塘里挖藕，本是一道讲究的工艺，懒汉永远不会精于此道。关键在于，掏了力气，能否有所收获，这也是对自己判断力和灵性的一种验证。冬季的塘边儿早已是一片狼藉，莲茎看不见，下铁锹时往往没有目标可鉴。有时挖了半天，累得通身是汗，依然寻觅不得一星半点的藕边儿。泥塘里的芦根、杂草等，硬拉软扯，像搅拌在混凝土里的钢丝一样，使铁锹不能灵活自如。连换几个地方，弄得泥浆沾身，只得哀叹运气不佳，苦笑作罢。所以，明知塘有藕，不愿下泥池的大有人在。

我的五伯父则不然。他骨瘦如茎，颀长的身子略佝偻些。在塘边儿走动时，他喜欢把铁锹横在身后，用两只胳膊弯紧，那姿势显得很潇洒。当那双微眯的小眼睛睁开时，亮幽幽的，精气神很足。溜着溜着待他把铁锹向下一插，莲藕似乎就聚集在箩筐大的泥坑中了。哪怕是别人挖剩的闲坑，五伯也能挖出大藕来。我常去看五伯挖藕，以为那是一种享受，高明的魔术师，也不过有此本领，何况五伯是真功夫。他横背着铁锹在前面走，我提着小箩筐，在后面晃悠悠地向塘边儿去，无异于师徒俩。五伯虽然不爱指点，久了，我也看出些挖藕的诀窍。五伯挖藕非常注意寻找所谓"藕窝"。坑里只有一二挂藕，或者藕太小，费劲而划不来。讲究站位，两脚绝不能乱晃动，否则泥浆四溢，随挖随淤，老挖不成一个完整的"坑"。锹锹下去，都要利索，不能拖泥带水，不能太零碎。见了藕最忌轻易下手动它，一则易弄断，二则手上沾泥，无法抓锹。

　　无论多么复杂的藕层，五伯差不多都不用手刨，而用锹一条条剔拨出来。我曾学到一招半式，虽不算真传，也足够旁人羡慕了。

　　一年初冬，连刮几天干风，有一片凸起的塘面露底了。我大约十岁出头吧，还是有些力气的。也算是第一次踏入距塘边儿稍远的纵深处挖藕。那天如有神助，往日的疲倦感一扫而光。我像五伯那样，审时度势般地选好角度，抖动了铁锹。这是一片尚未开发过的处女地，泥浆下呈沙质状，锹头无遮无拦。我在泥塘中，硬铲出一条通道，惊讶地发现藕层居然会排列得那么协调完美。一挂挂赤裸裸的莲藕被我揪出示众了。塘边儿逐渐增多的观众喝起彩来，我的情绪沸腾到极点。多少年了，我仍能清晰地回忆起那个富有创意的下午。塘边的汉子们眼热，忍不住也下塘了。令人不可思议的是，在那一大片泥塘中，谁也没有再挖到规律排列的"藕窝"。直到父亲收工归来，在塘边呼喊我回家吃饭时，我才感到饥饿和疲惫。

　　堆成小山似的莲藕，有六七十斤重。要知道，那时一斤萝卜才卖两分钱，像这样上好的莲藕，拉到四十里开外的新乡菜市场，一斤可卖三角钱。半天时间，我的劳动价值为二十元，比我父亲在田里辛苦一个月挣得还多！对于穷人家来说，这预算简直是个辉煌的天文数字。晚饭后，母亲细心地用针挑开我满手的血泡，抚摸着我稚嫩的肩膀，泪流双颊。

　　掌灯时分，来了几位新乡的知青，缠着父亲说，队长大叔，这藕让我们几个过节带回家吧，怎么样？每斤算一角钱，年终分红扣除。父亲的喉结滚动几下，硬生生把拒绝的话咽了回去，挥了挥手说，拿去吧，塘里还有，我再让

洲儿去挖。知青走后，母亲几乎把父亲吵得无地自容。一会儿，从未对我怜悯过的父亲，竟给我披了披被子，用关切的语调说，累吧，明早让你妈给你煮个鸡蛋吃。这是我少年时期得到的最高奖赏了。

哦，故乡的清水塘，你还记得我儿时的几丝苦涩吗？

山那边的童话（三题）

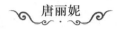

唐丽妮

祖宗

祖宗住在老屋。老屋里只有祖宗。祖宗有一张方桌子，一只圆口香炉。祖宗最喜欢过节。奶奶不说，我也知道。

节日一到，奶奶就把家里最大的公鸡杀了，鸡脖子一扭，把鸡头对着正前方，放锅里煮。豆荚啪啪跳，锅盖扑扑响，我的口水哗哗流，可奶奶不管。奶奶只管死守着锅盖不给揭。

好了。奶奶开了盖，吹一口气，白气儿飘走了。黄灿灿，油光光，香喷喷的大公鸡端出来，热腾腾摆上祖宗的方桌子。又摆上糖，摆上饼，摆上碗口粗的大米粽，还有一瓶烧酒，五只酒杯，五碗饭。

祖宗真贪吃，一个人要那么多。我还知道，奶奶的藤篮里还藏有好多好东西。

奶奶从藤篮里拿出香和烛，点燃，拜三拜，恭恭敬敬插入香炉里。不一会儿，香气儿就腾腾地钻鼻子，烟气儿就腾腾地飘屋顶。

风儿，给祖宗斟酒。

哎。一、二、三、四、五，五杯。烧酒真香，祖宗一定很喜欢。要不然，奶奶怎么让我斟了一次，还斟一次，再斟一次，一共斟三次？

风儿，快叫祖宗保佑风儿。

哎。跪下去，磕三个响头。

我看到祖宗了。呵呵呵……，先是笑声从屋顶飘下来。然后，祖宗就下来了，顺着圆口香炉的烟气儿溜下来，溜竹竿儿一般，吱的一声，祖宗就站在

我面前了。白衣白裤,白胡子,白眉毛,光脑袋。他弯着腰,笑眯眯地看我。一说话,白胡子就扫着我鼻子,痒酥酥的。祖宗说,小风儿,小风儿……

奶奶没看见祖宗。奶奶忙得很呢,忙着从藤篮往外掏宝贝,纸宝,纸钱,纸衣,纸屋子,拢成一堆,扑地划一根火柴,点过去。好,点着了。奶奶拿着一根小棍子,一心一意对付纸宝贝,挑一下,火就旺一些,再挑一下,火再旺一些。火烧起来了,烟浓起来了,灰飞起来了。

奶奶蹲在火堆旁,皱皱的脸一忽儿红,一忽儿暗,细碎的纸灰在头上飞来飞去。奶奶一边挑火一边念念有词,祖宗大恩大德,保佑咱风儿长命百岁,福禄富贵……

原来奶奶也看见祖宗了呢。

风儿,放爆竹,送祖宗。

哎——。我喜滋滋地冲到藤篮边,那里还有一小卷爆竹。一把抓在手里,从香炉拔一支燃着的香,跑出老屋门外。爆竹搭在砖头上,我撅着屁股,手伸长,把香送过去,颤颤抖抖点引线。

吱——,冒烟了,赶紧跑。

啪,啪,啪……,香扔了,鞋掉了,捂着耳朵钻到奶奶怀里。

祖宗走了,只喝了烧酒,没吃糖,没吃饼,大公鸡也没尝一口。

风儿,吃吧,快吃吧!奶奶把糖放我左口袋,把饼放我右口袋,两只大鸡腿塞到我一双手里。

奶奶,鸡腿真好吃!你也吃啊!我把一只鸡腿递给奶奶。

风儿吃,奶奶不爱吃鸡腿。奶奶撩起衣襟给我擦一下油腻腻的脏脸蛋。

哦,我忘了。那年,奶奶从村口把我捡回来时,就跟我说过,她不爱吃鸡腿,爱吃鸡屁股。

奶奶,我吃了祖宗的鸡腿,我不就变成祖宗了吗?我拍拍圆鼓鼓的肚子。

嗯。风儿就是奶奶的小祖宗。奶奶用手指轻轻一刮我的小鼻子。

土地公公

土地公公不住土地庙,住地底下。土地庙里坐着的那个泥像是土地公公的替身,替他管理粮食的。因为土地公公是那么忙,又那么贪玩。他可坐不住。

白天呢,土地公公在地里钻来钻去,到田里看看稻谷,到山里看看树苗。有时候,也会藏在哪个土疙瘩下面,看活蹦乱跳的小孩子,或者挠挠他们的小脚丫。土地公公特别喜欢小孩子,尤其喜欢挠他们的光脚丫。土地公公的手是有仙气的,被他挠过脚丫子的小孩子都长得壮。如果你看到村里有哪个孩子长得特别神气,那一定是这孩子特乖,特招土地公公喜欢。

夜晚呢,土地公公就回到庙里,啃烧鸡,嘎嘣嘎嘣嚼得脆响。如果夜里你听到屋外有嘎嘣嘎嘣的声音,别怕,那是土地公公在啃鸡骨头。土地公公还很爱喝酒,喝多了就唱唱跳跳。现在你知道了吧,夜里你听到的说话声,其实是土地公公在说酒话呢。

土地公公有很多朋友,都是他请去的。他整天在村子地底下溜达,有事没事就数老人的白头发。哪个老人的白头发和他差不多多了,他就把人家请下去。他请老人喝喝酒,吃吃花生米,看看地底下的庄稼。地底下的庄稼就是庄稼的根。农民收庄稼的果实,土地公公收庄稼的根。他们相处了几千年,好得很,从来没吵过嘴。老人们呢,跟果实打了一辈子的交道,也想侍弄一下庄稼的根,再说,土地公公见识那么多,跟他拉拉话儿又是十分开心的事情。所以,老人也都乐意交土地公公这个朋友。

有一些老人跟土地公公相交久了,连模样都变了,变得跟土地公公一模一样,还有了跟土地公公同样的仙气,成了另外很多个土地公公。现在呢,地底下已经有数不清的土地公公啦,他们在不同的地方和农民一起照看着庄稼和树林。

有时候,土地公公也会请错人的,把一个小孩子当成老人家请到地底下。有一次,他就差点把我请了去。

奶奶说,本来,土地公公是要请她去的,却错把请柬放在我的小胸口上。我是那么小那么小,石头做的请柬又是那么沉那么沉,在黑咕隆咚的夜里把我压了一宿,我这么个小不点哪受得了呀?眼看着只见出气不见进气了,奶奶气得颠着小脚跑到庙里把糊涂的土地公公骂了一通,还要了一小包香灰。

奶奶回到家的时候,灶上的药罐正好冒盖,扑扑地喷香气儿。奶奶把香灰撒在地上,再淋上一点点水。做完这些,奶奶就把药罐拿下来。拿下来不是倒药汁给我喝,而是把药罐搁在有点点湿的香灰上,过一会儿,才又放回灶上。奶奶说,那是为了让药罐吸土地公公的仙气。难怪了,药罐一碰到地上的香灰就吱吱地叫唤,像小娃娃吃奶一样。后来,我喝了几次吸有仙气的药汁,果然就好了,活蹦乱跳的,比先前还要好,神气儿特别足。

奶奶就特别高兴,笑眯眯地说,风儿,你看,奶奶讲的没错吧?土地公公是有仙气的,讲话也算数,靠得住!难怪你爷爷要跟他走。

奶奶

奶奶好像快要死了。

奶奶躺在床上,身上盖着蓝布印花被子,皱皱的脸肿得像冬瓜,又大,又圆,又黑。奶奶已经不像奶奶的样子了,更加不像相片上的奶奶。

奶奶有一张相片,很旧很旧的,上面有一个院子,院墙有雕着花的窗子,有月亮一样的门,院里有一个莲花池,池里开满莲花,一个像仙女一样好看的姑娘站在莲池边。那是年轻时的奶奶,院子是奶奶年轻时的家。

奶奶一直闭着眼睛,好久好久都没睁开。

我脱了鞋子,爬到床上,躺在奶奶身边,盖上被子,又蹬开。夜里,只要我一蹬被子,奶奶一准醒,侧身帮我盖好被,还摸索着把被角掖到我身下。可是,这一次奶奶没有醒,眼睛闭得紧紧的。于是,我想,奶奶可能快要死了。二丫说过,她的奶奶就是躺在床上,睡着,睡着,就死了。

我有点害怕。

奶奶,奶奶,你要死了吗?我坐起来,推奶奶。

奶奶的眼皮动了一下,又动了一下,然后就睁开啦。奶奶看到我着急的样子,笑了,轻轻地说,风儿,别害怕,奶奶不是要死了,奶奶是要到土地公公家做客哩。前年土地公公不是给奶奶下请柬了吗?还把请柬错放在风儿身上呢。

哦。这个我知道。土地公公不是每个人都请的,只有有福气的老人才能得到他的请柬。奶奶那么好,自然是有福气的了。可是,我怎么没见过土地公公的请柬呢?

傻丫头,请谁谁才能看得到呀,要不然,那请柬不就被别人抢了去?

奶奶,你还会回来么?

会啊!风儿想奶奶了,就给奶奶烧香,奶奶就会回来看风儿的。

那风儿天天给奶奶烧香,奶奶就天天回来么?

那也不行啊。奶奶还要给土地公公当客人呢。爷爷也要奶奶陪着呀。

可是,风儿一个人会害怕啊。

不怕,不怕,风儿是最大胆的孩子。

奶奶从枕头下摸出一张黄黄的小纸条，让我拿给五爷。

五爷一看到纸条，眼圈就红了，哆哆嗦嗦打开。我爬上凳子，摸摸五爷的脸，湿湿的。我说，五爷爷不害怕，奶奶说了，是土地公公请她去玩耍，想她可以烧香哩。五爷摸摸我的头说，对，奶奶真有福气！五爷爷也想得到土地公公的请柬，跟奶奶一起去。我说，那不行，你和奶奶得轮流去。

我一觉醒来，接奶奶的红轿子就来了。

奶奶的红轿子真好看，红红的，长长的，上面还围着一圈彩色的纸，红一张，白一张，紫一张……像一片片莲花瓣儿。风一吹，莲花瓣儿就都打开，还有一阵阵好闻的香气儿，跟奶奶屋里的樟木箱子一样香。

转过一个山梁，再转过一个山梁，奶奶的红轿子在两棵高高的松树下停下来。两棵松树中间有个黑幽幽的洞，通到山的深处。

五爷爷，这就是去土地公公那儿的路吗？我问。

是啊。土地公公和爷爷在那边等着呢。五爷说。

走好啊！莲儿。五爷拍拍奶奶的红轿子，轻轻一推。

呼隆隆，奶奶的红轿子就滑进去了。

接着，我就听到了土地公公的笑声，还有爷爷的笑声，很多很多老人的笑声，在山洞里，地底下，草丛中，树梢上，到处都有，呵呵呵，呵呵呵……

我忽然很想奶奶。

五爷爷，烧香吧。

五爷就燃了两根大大的红蜡烛，点了一把细细的香，插在洞口的黄泥土上。烟气儿就飘起来了，围着洞口绕呀绕，白茫茫一片。

我对着洞口，手掌贴着手掌，鞋尖挨着鞋尖，恭恭敬敬跪了三跪，叩了九叩。

奶奶就出来了。

奶奶已经变了模样，变得跟相片上莲池边的奶奶一样年轻，一样好看，变成了莲花仙子。

风儿——，奶奶的小祖宗。悠悠的烟气儿中，奶奶笑眯眯地走过来，用手指轻轻一刮我的小鼻子。

平原诗意(三题)

王 往

炊烟

在平原上,村庄都是一排排的,炊烟升起时,也是一排排的。

绿树掩映的村庄上空就有了竖排的古体诗。

炊烟是村庄的发丝,是亲人的手势。

即便是一条狗,当黄昏来临,也知道抬起头,看着村庄上空的炊烟,略一愣神,向家的方向快步走去……

铁慧早就想家了,她的心被炊烟牵扯着。

她想爷爷。

铁慧的命,是爷爷捡回来的。她生下来的时候,不哭。接生婆提着她的腿,对着屁股猛拍了几下,还是不哭。喂她奶,吸了一口,就呛出来了。接生婆和她妈商量说,扔了吧。她妈就说,扔了吧,留着也是受活罪。

那天爷爷拾粪回来,听说接生婆抱了孩子去了坟地,立马就跟上去了。爷爷的手放在孩子鼻子下,还有气。爷爷就狠狠瞪了接生婆一眼,爷爷说,你要遭雷打呀!就把铁慧放到粪兜,背了回来。

铁慧的父母因意外事故去世后,铁慧就和爷爷相依为命了。

铁慧读到初中毕业,没考上高中,铁慧很伤心。爷爷说,考上学校的要吃饭,考不上的就不吃饭了?在家,帮爷爷干活,也照样过好日子。

村里的女孩打工回来,打扮得花枝招展的,带回的男朋友也一个比一个俊。铁慧也想出去。爷爷听了,说不放心。铁慧就有些赌气,躲到屋后的树林里流泪。

爷爷说,实在想出去,爷爷也不拦你,进城以后要勤快,要本分,不要拿人家一针一线。有人欺负你,告诉爷爷,爷爷谁都不怕,爷爷上过朝鲜战场打过美国人。铁慧说,爷爷你放心,铁慧不给你丢脸。

到了集镇口等车的时候,铁慧一句话也不说。爷爷说,不想去的话,就不去了,爷孙俩在家也好。铁慧哭了。车子来了,铁慧还是上车了。铁慧朝爷爷挥手,爷爷却背对着她。爷爷短短的白发像灶膛的灰烬。

铁慧去淮安学会了电脑,开了打字社,但是生意并不好,另外一家打字社一个叫小如的女孩约她去广州,说那里生意好,她们就结伴去了广州。

和小如到广州后,铁慧在一家私人打印社打字。铁慧一个月只能拿五百块钱,工作量却很大,有时晚上加班到十一二点,没有节假日。半年以后,铁慧认识了赵龙云。赵龙云是大学生,从内地来广州找工作。他常让铁慧给他打求职资料。赵龙云投出去无数份求职资料。都石沉大海了。一天,赵龙云又来复印求职资料。他压低声音对铁慧说,靓妹,能不能欠一下账,我一分钱都没有了。铁慧看着他涨红的脸和额上的虚汗,心软了。她说,你拿走吧,我给你垫上。十几天后,赵龙云来了,约铁慧吃饭。赵龙云说我现在在一家房产公司任经理助理,每个月六千多哩。铁慧没有和他吃饭。爷爷说,在外头,不能贪小便宜。可是,赵龙云总是来找她,说他是真心喜欢她的。铁慧的心里泛起了涟漪。

可是,时间不长,赵龙云便不再理她了。赵龙云说,恋爱,要跟着感觉走,我已经对你没有感觉了。好聚好散吧,在我们这个阶层就没有天长地久的事。这个当初几块钱也拿不出的东西,开始以"阶层"来分人了。小如说,铁慧,不要便宜他,和他闹,就说怀孕了,要他赔钱。铁慧默默地摇摇头。

有一天,铁慧在小如给客人复印的一张纸上看到了一首长诗,叫《大堰河,我的保姆》,读着读着,突然哭了。她想起了爷爷。哭了一阵,她才想起,这个叫艾青的作家,在初中时好像学过他一首诗,叫《黎明的通知》。他已经好大岁数了呀,和爷爷差不多,怎么写的诗让自己伤感呢?她又一次捧着那诗歌读起来。

读完了,她找来纸笔,模仿着那诗写道:有一位老人,是我的爷爷。他的名字就是生他的村庄的名字,他是战士,老战士,是我的爷爷……

写完了,那张纸也湿了。

她当即就决定回家,回到她的大平原。

爷爷说过,一个人离开老家,就像炊烟被风吹散了。可是,不管是谁,哪

怕是一个讨饭的,只要他家里还有一个亲人,他就不会被老家忘记。老家就是灶膛的灰烬,烟飘散了,烟味还留在家里。

晚上,铁慧非要和爷爷钻一个被窝。爷爷说,死丫头,你多大了,还和爷爷睡一起。铁慧说,谁叫你是爷爷的。铁慧把爷爷的脚抱在怀里,爷爷也去挠她的脚心,痒得铁慧咯咯笑。小时候,爷爷经常这么逗她的。爷爷问她,这下去不去广州了?铁慧说,不去了,要在淮安找一份工作。爷爷就说,是嘛,炊烟飘散了,灶膛的灰还在。说了这话,长时间爷爷不作声。铁慧起身,爬到爷爷那头。爷爷的脸上爬满了泪水。铁慧紧紧地搂着爷爷。

铁慧陪了爷爷几天,铁慧对爷爷说她想去城里找一份工作,把爷爷接到自己身边。

爷爷说,现在不去,等你成家了,我去。铁慧说,你知道我什么时候成家?爷爷给提醒了,说,是呀,什么时候成家?爷爷请人给你提媒去。西庄你二婶会说媒,我这就去找她。铁慧说,爷爷,你真是老战士,行动快。爷爷笑着走了。爷爷一走,铁慧就忙着去煮鱼汤,鱼是爷爷前几天捉的。

铁慧刚烧了两把火,爷爷就回来了。

铁慧说,这么快?爷爷说,我没碰见你二婶,我回来喝鱼汤了。

其实,爷爷是没去。爷爷走到半路,停住了,他想,铁慧这么有能耐,又好看,她二婶也没见过什么世面,怕介绍不到什么好对象。铁慧要是为了我高兴,勉强同意了,不就委屈她了?人老了,可不能糊涂。叫她自己谈。

铁慧问爷爷,你怎么知道我做鱼汤了?

爷爷说,怎么不知道,我看见屋顶上冒烟了。

渡船

渡船是水上的邮票。

一根铁索横在河上,摆渡人握着木扳手,木扳手往铁索上一卡,往后一使力,船就进一步,再一使力,又进一步。水在流,船在走,平原上的日子也少不了上码头、下码头。上街赶集,走亲访友,日子中伴着流水的故事。

这里说的故事发生在涟河边上。

涟河的东岸是牲畜市场,一个叫红蜻蜓的女人在东岸的渡口开了个小卖部。她在大堤上用木头搭了个小屋子,外间摆货,里间摆张小床。小卖部门口的土坡修了台阶。逢集时,红蜻蜓就把货搬到牲畜市场上,品种也比平时多,增加了车零件,猪链子,牛铃铛,马鞍子这类东西。红蜻蜓的小卖部前有一个水缸。有人要喝水,红蜻蜓就一指小卖部前的水缸。水缸里的水总是满的,是红蜻蜓一担一担从涟河挑上来的,打了明矾,碧清碧清的。

红蜻蜓每天起得很早。起来第一件事就是去涟河里挑水,把水缸挑满了,她就站在窗前,朝对岸看。她看着小谭先生走上大堤,小小的影子轻快地掠过一棵棵树,大树,小树,槐花,桃花。小谭先生朝渡口走来,河风吹起他的衣角,显得很清瘦也很利落。小谭先生上了渡船时,红蜻蜓的心会紧张,有时是因为浪太大,船晃得厉害,有时是因为小谭先生的目光朝着她的窗口。小谭先生下了渡船,上了坡,一步一步走上来,红蜻蜓就笑微微的,好像小谭先生是奔她而来的。但是,很快她又失望了,小谭先生从她小屋前经过,从来不看一下她的小屋。她又转到另一个窗口,这下她只看到小谭先生的后背。她想小谭先生要是回头看一下多好,但是他从来没回过头。

小谭先生是河西人,在河东的学校做民办教师。红蜻蜓出嫁前,有个好姐妹给她和小谭先生牵过线。当时,见面的地点就在渡口。两个人都喜欢对方,但是,因家人的反对,没有成亲。红蜻蜓早就结婚了,小谭先生还是单身。

那天,临散集时,红蜻蜓却看见小谭先生牵着一头才成年的水牛往渡口走。红蜻蜓想:小谭先生不教书了?

下一个逢集,红蜻蜓又看见了小谭先生。也是临散集时,小谭先生刚好经过她的摊子前,红蜻蜓问他:"你不教书了,老来行里?"小谭先生说:"教呢,把牛牵来卖了。"红蜻蜓还想和他说说话,小谭先生就走了。

红蜻蜓感觉小谭先生瘦多了,头发也乱了,走路有些跌跌撞撞的。红蜻蜓想刚买的牛又牵来卖,肯定是做贩牛的生意了,又教书又贩牛真是难为他了。

一天晚上,红蜻蜓已经睡了,听见敲门声。

"开门。"来人说话了。

红蜻蜓一个翻身起来了,她太熟悉这声音了。

拉开门,小谭先生一头就撞进来了。

原来,小谭先生上回卖的牛让涟城北一个老头在宝滩买了,回去没两天就死了,媳妇和儿子一抱怨,老头喝药自尽了。

红蜻蜓一惊,说:"哪能这么巧,不会是你卖的那头牛。"

小谭先生说:"肯定是的,我那头牛一买回去就不吃草,我叫来兽医,兽

医说是水肿病，一时治不好，没几天怕就不行了，我一吓就卖了。这些天，我难受，我又不敢说出来。"

红蜻蜓给他倒了一碗水，说："你喝口水，慢慢说。"

小谭先生喝了一口水，还是难受："我想死，我没有说话的人。"

红蜻蜓说："看你说的，我不是在和你说话吗？"

小谭先生点点头，又摇摇头，泪水掉了下来："我跟你说了也没用，我只想死。"

红蜻蜓一惊，不知怎么安慰他了。

第二天，红蜻蜓没见小谭先生从渡船上过来。红蜻蜓急了，一打听，说小谭先生请了病假。红蜻蜓这下慌了，又没主意，她知道小谭先生为什么病了。

红蜻蜓想来想去，想到娘家的肖奶奶，肖奶奶常常给人治些邪病的。红蜻蜓就去找肖奶奶了。

红蜻蜓对肖奶奶说："要是有人做错了事，心里后悔，得了病，怎么办？"

肖奶奶说："叫他去佛祖那烧个香，认个错。"

红蜻蜓有些不相信："这样就能管了？"

肖奶奶说："孙女呀，你晓得的，人身上的衣裳要是脏了，洗干净了穿着才舒坦，人做错了事就像衣裳脏了一样，要把灰洗了，到佛祖那认错就和洗灰一样，灰洗了，心里就好了。"

红蜻蜓点着头，心里亮起来了。

红蜻蜓到了小谭先生家，就见他家还是老式的三间小瓦房，低低的檐口长满了青草。他家的邻居有楼房有平房，高高大大，气派得很。小谭先生的老妈妈带着红蜻蜓到了儿子床头，小谭先生一见红蜻蜓就坐起来了。小谭先生的老妈妈直是叹息："唉，这孩子，又教书又种地，累呀。问他哪里不舒服也不说，叫他去医院也不去。"

小谭先生叫老妈妈给红蜻蜓做点吃的。

红蜻蜓说："我不吃了。我来，是叫你明天和我去能仁寺，我们给佛祖烧个香，说说心里话，好不好？"

小谭先生说："好，我听你的。"

红蜻蜓心里一阵暖和，他知道自己为什么来看他的！

坐了一会儿，小谭先生又说："你来了，我感觉有些好了。"

红蜻蜓就笑了："瞎说的吧？我又不是佛祖。"

红蜻蜓回到船上时,月亮已经升起来了。船慢慢地向前走着,她看见自己的影子,像一座小小的佛塔,跟着渡船走。

拾穗

拾穗要趁早。小布总是天一亮就去拾穗。去迟了,那些老奶奶就把穗子全拾光了。

小布在腰间拴了根草绳子,把布袋子的一角系在绳子上,就在五月槐花的清香里出发了。起得再早,她也会碰见拾穗的老奶奶。别看这些老奶奶弓腰驼背的,走路快着呢,一只手来回划着,头一点一点的,好像风里起伏着的麦穗。小布紧紧地跟着她们,不敢有半步落下了。

不过,先到麦田拾起第一根麦穗的还是小布。快到麦田时,小布就会奔跑起来。那些老奶奶就在后面笑:小鬼豆子,能干呢,哪个跟你抢哟!

早上的天色变化是很快的。平原上的太阳没遮没拦,上升一点,天就明朗一点,田野就开阔一点。开始的时候,处处是潮漉漉的,鸟儿的叫声也带着露水,麦田上空像晾晒着刚洗的白纱。小布和老奶奶们弯着腰,踩着被夜露浸软了的麦茬,一块一块田拾过去。猛一抬头,天就高了,明朗了,阳光已经铺到没收割的麦子上了。麦芒像一把把的梳子,把阳光梳得均匀,把光线梳得透亮。通向村庄的路上,已经有拿着扁担和镰刀的人奔着它们来了。

这个时候,拾穗的人就要回家吃饭了。田野里响着招呼声:

"陈奶哎,回家吃饭啦。"

"就走啦。你拾了不少嘛,冯奶。"

"没你的多哟,你个老不死的腿脚快!"

"呵呵,新麦还没打下,不吃新麦子我才不死呢。走啦——"

小布听着就咯咯跟着笑。老奶奶们也催她,这个说:"小鬼豆子,走啦!"那个说:"吃了饭,再来哟,小鬼豆子!"

她们越催,小布越要再拾几根,让她们急。等她们走出田头,她跑着跟了上去。她们边走边比着谁拾的多,比来比去,还是小布拾的多。冯奶奶就说,小鬼豆子眼尖,比不过她的!陈奶奶也跟着说,眼尖,人也精,这丫头哪家娶去哪家有福气!小布脸上红,心里高兴。沉沉的袋子不时撞一下她的腿,让她心里装满实实在在的欢喜。

吃了早饭,小布又去拾穗了。

在一块田头,小布碰上了陈奶奶和冯奶奶。陈奶奶和冯奶奶坐在田埂上歇着呢。小布看到她们俩之间有一棵站着的麦子,就伸手去掐穗子。刚要掐到,陈奶奶一手拉住了她。冯奶奶也直朝她摆手。小布说:"谁叫你们不要的,就在你们腿旁,你们看不见嘛。"

陈奶奶说:"我们都看见了,这麦子不能拾。"

小布问:"怎么不能拾呀?"

陈奶奶说:"小鬼豆子,你不懂吧,这棵麦子是主人家故意留下来的。"

"这叫留种子,"冯奶奶站起身子说,"留下了种子,来年才有收成啊。"

小布说:"哦。可是我刚才拾的那块田就没有看见田头留下一棵呢。"

陈奶奶说:"那我们快去看看。"

小布就把她们带到了那块田里,田头果然没有留下一棵麦子。

陈奶奶说:"这家人,真糊涂,这事也能忘了,唉。"

冯奶奶蹲下去,抠了一个小坑,说:"陈奶奶,拿一根麦来栽上。"

陈奶奶栽上麦子,冯奶奶就用土培上了。

两个人的眉头这才展开。

冯奶奶说:"小布,记着,以后别拾人家留种的麦子啊。"

小布说:"奶奶,我记得了。"

陈奶奶又说:"人不也是这样嘛,你看这一田的人,这一庄一庄的人,都不是像麦种生麦子一样,一个个的,一代代的生出来了。"

小布的脸全红了,她背过了身子。

拾到中午时,小布的两个弟弟放学了,和另外几个男孩子来了。他们拾了几根穗子,就没有了耐心。拾麦穗要的就是耐心,无数次地弯腰、低头、伸手,孩子们是经不起这单调的动作折磨的。他们把拾了的穗子交给小布,就玩耍起来,你追我赶,也不怕麦茬戳脚。有个叫大雄的男孩唱了一句儿歌,其他的孩子就跟着唱了:

刮大风下大雨

南边来了个小娇女

坐下子,歇下子

小手把我捏下子

……

唱完了,一起大笑。陈奶奶和冯奶奶也跟着笑。小布不笑,她装着没听见,埋头找穗子,脸却红了。陈奶奶笑完了,骂那几个孩子:"正收麦子呢,你们唱什么刮大风下大雨,刮大风下大雨坏了麦子,叫你们吃烂泥呀?"孩子们就跑了,跑开了还是唱。陈奶奶看了一眼小布,说:"这些鬼豆子,要打屁股。"小布的脸就更红了。冯奶奶说:"陈奶奶,你让他们唱去,小鬼豆子懂什么呀。"

吃了午饭,小布又去拾穗了。傍晚时,小布和陈奶奶、冯奶奶碰到了一起,她们的影子落在麦茬上,夕阳跟着她们走。小布默不作声,陈奶奶和冯奶奶不住说话。

"你老说我是老不死,告诉你,我能吃上新麦子,你呢?"

"我呀,我不会比你少吃一顿,就是不知能不能吃上新米。"

"你能吃上新米,我恐怕不行了,人家说像我这种病活不了五个月呢,这都过了五个月了,老天爷哪能让你拖到秋天。"

"我也不行了,想拖到秋天,难,昨晚还吐血了,唉,我比你先得的病,能跟你一起吃上新麦子,我就知足了,你个老不死的,多活一天,我就跟着你活一天。"

小布一回头,看见她们已经到她身边了。小布就奔跑起来,吓了她们一愣。

小布跑到田头,又顺着田埂跑到很远的一块空地里。她坐在地上,放声哭起来。

秋天到了,稻子熟了,风在大平原上滚动,一望无际的稻子垂下穗子,沙啦沙啦地响着。

稻子熟了,又收了,每家的田头照例留着一棵。

小布又去拾穗了,傍晚时,小布拾了半袋子稻穗,在田埂上歇了一会儿,又去拾了两根最饱满的,给陈奶奶和冯奶奶送去了。

陈奶奶和冯奶奶就在田头的河坡上住着。

她们坟头的芦花全白了。

小事情

巩高峰

在大人们看来,小孩子能有什么事情呢?大人们的事情,永远是大事情,首先、马上、必须要办,好像不立刻解决,明天的太阳都出不来了。而小孩子的事情,相对应的,只能是小事情,今天忙呐,明天累啊,后天忘记啦。小事情,忘记了又怎么样呢?

所以,大事情小孩子是没法办的,不是办不了,是大人不给机会。但是小事情呢,就只能小孩子来办。

比如说吧,正吃着饭,有小孩子慌里慌张从饭桌直奔水缸,舀一瓢水咕咚咚灌嘴里,嘿嘿呵呵摇头转脑晃一晃,吐在面前的地上。院子里的鸡鸭和狗一窝蜂挤上去,鸡飞狗跳的。可是地上只有一小片发红的口水——妈!我嘴里流血啦!小孩子皱起眉头,捂住腮帮子,一脸的苦涩,这才感觉出疼来,咝咝地倒吸凉气,好缓解疼痛——原来,是内讧,自己的牙齿和腮帮子干上啦。

饭桌上的母亲呵呵直笑:这孩子,是馋肉了,小事情小事情,别大呼小叫的!

小事情,是啊,小事情,你倒是把小事情解决了啊。上个月就说卖了那窝小猪秧子就买肉回来包饺子,现在老母猪又大了肚子,也没闻到饺子味道在哪儿,倒是枕头被口水湿过几回了。

能指望大人来解决小事情吗?那没准儿得过年。还是自己动手吧,弹弓、小刀、铁钎、火柴、盐,准备就绪,把牛拴在沟边上的大树根上,让它老实啃草,然后,向芦苇塘进发!

运气好的话,能逮只正在孵蛋的野鸭,运气不好,捉几只大青蛙还是手到擒来的,实在不行,就是谁家觅食不知归途的小公鸡遭殃了。于是,一阵青烟过后,每个人起码都见着肉了吧——那个肥嫩啊,焦急地等待下口的时候,铁钎还吱吱冒油。

这可比水饺里面目模糊的猪肉美味多了,当然,大人们是享受不到的。不过晚饭桌上,大人们多少还是能瞧出个端倪:今天牛肚子怎么那么瘪啊,你晚上少吃了一碗饭嘛,是不是又干坏事啦……

哎,爸,有个重要的问题请教你,我研究了很久也没有答案:为什么鸡叫鸡,而不叫牛?为什么狗叫狗,而不叫青蛙?为什么人叫人,而不叫树?也不知道最早是谁给起的名字,依据是什么呢?又或者,这总得有点道理吧,是不是。如果以后牛叫狗,而狗叫鸡,鸡又叫树,树改叫人,这个世界会怎么样?会不会乱套啊?

大人的表情忽然奇怪地变化起来,仔细看甚至能看出白到红,红到黑。不过嘴巴确实张大了,却一直没有给出答案,良久,大人用手里的筷子往小孩的额头一戳,终于说出了话:哪那么多乱七八糟的事情,饭都堵不住嘴!

当然,口气是不屑一顾的,表情是不耐烦的,这意思再明了不过,这些是多么荒唐的小事情,竟然也需要研究。其实呢,小孩子确实已经想破了脑袋也想不明白,不过本来并没有想问大人,别说大人没有答案,就是有,也肯定不是正确答案。这会儿拿出来问,不过是做个挡箭牌而已。

不过,总有些事情是大人解决的,小孩子没法逃避,比如那个奇怪的事情,生病。

大人们口气轻蔑地说,人吃五谷杂粮,总是要生病的啊。可是为什么总是小孩子生病呢?更麻烦的是,到底是谁发明的那些破药片药面儿啊,又苦又涩,难以下咽,吃下去不毒死人就不错了,医生竟然敢说那玩意儿能治病。

不过有一种药丸小孩是爱吃的,宝塔糖,那可是糖啊。宝塔糖当然是好吃的,可惜的是,只有在胳膊上划个十字,打一针,才能分到一颗。打针真是疼啊!蚂蚁咬马蜂蜇疼吧,可打针比蚂蚁咬马蜂蜇疼多了,而且能躲得过蚂蚁和马蜂,却躲不过医生,你哪怕躲厕所里去,也照样得抓出来,这可是打疫苗。

可令人恐怖的是:吃了糖之后,便便里忽然会有蚯蚓般的虫子。这导致小孩们惊慌地聚在一起讨论:难道医院给的宝塔糖里有虫子?

对于糖和虫子这件事情,大人们同样是不屑的,这么点小事情还要聚众争论?那是你自己肚子里的蛔虫好不好,宝塔糖下肚才把虫子药死的!

哦,原来这样。从此以后,再生病的话,小孩子只肯吃这种药,那种用糖

水混合着的苦药是骗不过任何人的。眼看水要凉了,药要失效了,大人一生气,吼道:你吃不吃? 不吃就把你抱去喂老母猪!

这句呵斥足够吓人,可是没几个小孩会真的吃这一套。他们早在背地里商议过了,得出的结论是:老母猪只吃青草、饲料和剩饭,没听说过老母猪会吃小孩的。

最后,大人们没办法了,只好把药往桌子上一放,起身牵过自行车,无奈地说:既然不吃药,那病得治啊,现在只能带你去医院打针了。

小孩子一听说要打针,脸色刷白,乖乖地跑上前捧起药碗咕咚咕咚喝了个干净。

小树猴

巩高峰

用我妈的话说，我简直不是她生的，是树丫上掉下来的。

说的没错，我特别爱在树上待着。不止我一个人了，小利、健康、建设、刘理、兴里、三好，大家都喜欢。我们就像树上结出来的果子，在树上时觉得最舒服，下了树，就感觉是果子坠落了，难受得像是要腐烂到土里去。

所以，我们在树上吃，在树上玩，朝树下来来往往的人扔土块，吐唾沫，我们甚至还在树上睡觉、撒尿、大便，而且经常在树上玩游戏。

所以如果是单个人，我们就都有自己的名字，如果是家里的大人提起我们，就咬牙切齿，"那帮树猴子！"

看看，我们不是人，是猴子，而且是树猴子。

我们在树上玩的最多的游戏是摸树猴，这个游戏简单点儿说，就是把一个人眼睛蒙上，大家边从十倒数到一，边在树的高处藏身。蒙着眼的人开始从大树杈往上摸，藏身的人就八仙过海了，哪里高哪里险哪里最难被摸着，就往哪里爬。而最先被蒙眼的人摸到的，就是下一个树猴子，由他蒙上眼再摸一轮。以此类推，不亦乐乎。

在别人看来，摸树猴简直是小孩子里难度最大也最惊险的游戏，艺低人胆小的，上来就露怯，眼睛刚蒙上，两腿就打哆嗦。所以，这个游戏最能优胜劣汰。有多少小孩儿在树下艳羡着，流着口水，做梦都想加入进来。可是谁也别说同意，也别说不同意，考验一下，是不是树猴子？上树来遛遛！

于是，从五岁玩儿到了八岁，我们这伙人还是六七个，没见多，也没少。玩别的怎么都行，一到摸树猴，哗，大浪淘沙一般，自动就退下去了。

直到五明羞羞怯怯、犹犹豫豫地凑上来，说他想跟我们一起玩儿。

五明跟我们都是二年级一班的同学，一直前五名，是我的竞争对手之

一，跟在我们身后很久了也没机会加入进来。他平日里是个出了名的好哭鬼，架腿斗鸡磕了碰了输了都掉眼泪，现在他竟然敢提出来参加摸树猴？

在我们的嘲弄和怀疑中，五明往手心里使劲吐了口唾沫，深吸一口气，蹭蹭蹭，上树倒算利索。看来他是有准备的，胆子虽然小，但勇气可嘉，而我们的确早就希望能有新人出现了。一直互相捉弄来捉弄去，玩得太熟，都腻了，现在有人主动闯进来，再好不过。

为了表明自己的决心，五明主动表示自己第一个当树猴。五明知道这是考验，最需要表现，所以他马上脱了套头衫，自己把眼睛蒙上了。然后他鼓足了气势，一边高喊十、九、八、七、六，一边笑着说你们快点儿，我来喽！

这种讨好让我们很有一些做前辈的满足感，于是在五明小心翼翼地顺着树枝摸上来时，小利轻轻地吹了声口哨，暗示五明自己的位置。可是大家跟着都吹了口哨，满树乱响，迷惑五明。

尽管五明动作迟缓，两腿发颤，摸到第三层树杈时就满头大汗，但他总算摸到了小利的脚丫，过关了。我们欢呼一片，算是接纳了这个新伙伴。

五明羞涩地笑，用他的套头衫擦汗。

可是我们的高兴劲儿和新鲜感还没过去，第二天傍晚我们再摸树猴时，出事儿了。五明蒙着眼在第四层树杈上摸到了最高处的健康，可能是太高兴，一手去扯眼上的衣服，一手却松开了健康的裤腿儿，忽然"啊"一声跌了下去。出于本能，跌下去时他胡乱挥舞的手抓着了一根树枝，可是太细了，根本挡不住他的坠落。

不过后来医生说，恰恰是那根树枝救了五明一命，柳树的枝条韧，多少承担了一些力量，所以五明从将近十米高的树顶头朝下栽到地上，居然没摔死。

当时五明趴在地上一动不动，我们愣在树上一动不动。好半天，最先反应过来的小利才"哧溜"一下滑下树，回家喊大人。

大人们抬着五明往镇上的医院赶，我们全都跟着跑。五明不哭，也不喊，我们又哭又喊。后来五明从镇上转到县里的医院，然后又转到蚌埠，我们就跟不上了。

奇怪的是，这次我们所有人回了家都没有挨打，甚至连臭骂一顿都没有，于是剩下的暑假，我们过得胆战心惊。

五明从蚌埠的医院回来时，我们已经开学，都上了一个月的课了。暑假发生的事，我们一刻也没敢忘，整天提心吊胆。尽管想过最坏的结果，可是看到五明挪着步子进教室时，我们还是惊呆了——五明的脖子竟然没了，头直接缩在胸腔里。他走路只有两个姿势，要不就乍着两只手，摇摆着往前挪，走快的话要举着两手往前小步跑。而且他说话声音也完全变了，很粗，还嘶哑，每句话说出来都缓慢而吃力，像是从肚子里发出的声音。

老师提问不再看他，劳动课他也从来不会有任务。期末考试成绩出来后，上个学期全班第四的五明，变成了第四十三名。

可无论是班里还是学校里，没人敢笑话五明摔坏了脑袋，谁敢说，我们六七个人能扁得他嘴巴肿得吃不了饭，说不了话。

可是久了，学校里还是悄悄开始风言风语，最初还躲在角落里，后来说的人多了，我们也不知道该怎么封口。他们说五明摔了之后，样子越长越像一个猴子，甚至有人就直接叫他树猴子。

我们听了心如刀绞，可是能有什么办法？我们帮不了他，不仅帮不了，从五明回到班里之后，我们每天都见面，可是却没一个人敢跟他说一句对不起。

一个都没有。

小亲戚

巩高峰

在托儿所的最后一年春天,我家院子里多了一棵树,是梨树。

它一进院子就占了两株美人蕉那么大的位置,所以我好大不乐意。院子里的地盘向来都是我一点一点规划的呀,如今这么一棵黑乎乎、丑兮兮还有好多疙瘩眼儿的小树,轻而易举就攻进了我的花园,我凭什么乐意呢。不过我妈边往树坑里填土,边向我保证:"今年栽活它,明年就挂果了。"

挂果我是懂的。我栽了那么多花,开花之后顶多长一些种子,可没有能挂果的。所以想象着这棵丑不拉叽的梨树明年满树丰收的景象,我默认了。

我妈说:"这可不是普通的梨树,是嫁接过的,苹果梨。"

见我兴致不太高,我妈在填好土的树根周围踩出了两排整齐的脚印,然后边浇水边用诱惑的腔调给我解释:"苹果梨就是把苹果的枝条嫁接到梨树上,这样梨树结的虽然还是梨,但是是苹果的形状,而且味道也更好。"

"哦,那如果把羊嫁接到牛身上,或者兔子嫁接到猪身上,是不是它们也会生出来更先进更好的品种呢?"

我妈白了我一眼,拍了拍手上的土,走了。

不过,这棵嫁接过的梨树却隐隐成了我的希望,毕竟能在自家院子里摘水果吃,这是比上天摘星星都美好的事情啊。所以,天晴得久了我就盼着下雨,天阴得久了我就想给它撑伞,秋天落了叶子我在一旁惆怅,冬天大雪,我悄悄找了个麻袋片给它裹上。它慢慢占据了我对花的宠爱,逐渐丰盈着我垂涎欲滴的欲望。

第二年的春天有点晚,而且缓慢得让我觉得过年都很讨厌。

好像是已经失望至极了,一觉醒来,忽然发现梨树竟然白了一圈。我急得鞋也没穿就跑去看,它竟然开花了。天呐,原来梨树是先开花,后长叶子的。

一树花，就是一树梨子啊。我咧嘴笑了一天，梦里，满树的苹果梨压断了树枝，急得我直叫唤。可是哪里想得到呢，花开满树，花瓣落了之后竟然只剩下四个小拇指大小的青梨。

见我愤怒又失望，我妈笑着说："这么棵小梨树，又是头一年挂果，它能有多少养分？第一年能结四个梨就不错啦，要是让你不学一次就拉着犁下地耕田，你行吗？"

当然不行，那是牛和驴子才能做的事情。

还能怎么办呢，我就是把自己挂上去，也不过就五个梨。好在梨树越来越茂盛，叶子绿黑绿黑的。除了阳光、空气我不能给它，水、粪、鼓励、梦想，我都能给。所以看着几个小拇指慢慢长成了大拇指，我觉得我的急切它们明白了。

夏天是随着暴风雨和骄阳来的。一场暴风雨过后，拇指大的梨子没了，因为风雨里夹杂着冰雹。

从泥泞的地上找到三个梨子，我眼泪都快出来了。第四个梨子我是在一片梨树叶底下找到的，它幸存着。意外的庆幸冲淡了我满腔无可奈何风吹去的忧伤，有一个总比全军覆没强嘛。我感谢那片危难之时显身手的树叶，它保存了我和梨树最后一个希望。

那个幸运儿在一天一天膨胀，渐渐有如我拳头大小。我每天去看它 N 次，有 N+1 次想动手摘它下来。

它什么时候能熟到可以摘下来吃呢？

我妈终于给了我一个准确的日期：中秋节。

它越来越漂亮了，圆润得像个苹果，可果皮上又布满了梨子才有的粗糙斑点。仔细看时，我好像能看到里面的果肉和汁液。它还躲在那片梨叶底下，可叶子已经盖不住它了。

中秋节终于要到了，因为舅舅他们一家又来了。每年他们都在中秋节前一天带好多吃的、玩的，还有表弟表妹来我家。可是今年他们带了什么礼物我完全不关心，顶多不过是花生瓜子红薯干，难道有我的苹果梨可爱吗？我只想第二天的中秋节快点到，那样梨子就会光明正大地落到我嘴里啦。

不过，当前最要紧的是不能让表弟表妹发现，他们可不是省油的灯，掐过我的花，抢过我一直舍不得用的动物形状的橡皮，还穿走过我一件有着两个兜的罩衣。

不过怕什么来什么，表弟表妹刚进我家院子，就一眼瞅见了它。那个梨子确实已经黄灿灿得不像话，我用四片梨树叶子也没能挡住它的光彩。于是表弟表妹排练过似的，"啊"的一声扬起胳膊就夸张地围了过去，不仅看，还用手摸。

我急了，扑上去一把打掉了他们举起的小手，这个梨子我都舍不得摸，你们凭什么这么随便这么粗鲁。

被我连打带吓，俩人哇哇大哭。我愤怒地鄙视着他们，完全没留意我妈，她微笑着，像一道阴影掠过。等我回过神来，我妈已经拧下了梨，洗了切了，边哄边塞到他们手里。

我妈竟然把那个梨只切成两半，还安慰并挑唆他们，让他们自己吃，别理我这个不懂事儿的小表哥。

我要晕过去了。

三百多天里，我每天看望它，呵护它，担心它，可中秋节的前一天，它被切成了两半，却没我的份儿。

表弟表妹举着各自那半个苹果梨，早已破涕为笑——果肉在他们的口中粉碎，汁液迸射。他们俩在我面前一小口一小口，不时感叹一声，真甜。

眼见一个漂亮得让人心碎的苹果梨变成梨核，我终于忍不住，眼泪跑了出来。

舅舅舅妈不知道该怎么办，因为他们越劝，我哭得就越厉害。我妈扬言要让我爸回来揍我，没用，我已经不管不顾了，天都塌了，我爸一顿揍算什么。我妈只好放下威胁和嘲笑，转而安慰我说："弟弟妹妹是小亲戚，要让着他们。而且梨树第一年结果不好吃的，明年才甜呢，而且明年会结得更多，都让你一个人吃……"

我知道我妈是在骗我，可我毫无办法。我是如此绝望，梨没了，被吃到小亲戚的肚子里了，除了放声大哭，我没有任何选择。直到哭累了，我说服了自己，还有明年。

可是那年冬天，我家因为要翻盖筹备很久的新房子，就拆了院子，挖了我所有的花，还砍了那棵梨树。因为一切都是我爸做的，我只能茫然而愣怔地看着，连哭一声都没敢。

雨天

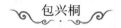

包兴桐

　　我们不知道为什么要这样一场雨。但一定有一种隐秘的需要,等待着这样一场雨。雨哗啦啦下着,像一个节日,让我们放慢了脚步。山上放羊牧牛的人们扔下牛羊,钻进了山洞里;地里干活的人们丢下农具,跑到树下。吃草的牛羊,滋滋伸展的树叶,鸣叫的虫子,飞行的蜻蜓,流淌的小溪,都停了下来。一切的一切,都不再着急。大家耐心地等待着,一场雨,就像一个节日。

　　"这样一场哗啦啦的雨,一定有一种隐秘的需要和等待。"有时候,我被困在林子里,躲在密密的树叶下,看着扯天扯地的雨帘子,听着漫天漫地哗啦啦的雨声,我这么想;有时候,我避在岩滩下,缩在藕芋园里,躲在人家的屋檐下,坐在路边的亭子里或枫树下,或者,在夜里被瓦片上的雨声敲醒,空望着黑色和寂静,我都会这么想。

　　我想,一定不只我一个人这么想。我看到,我们家那头黄牛站在树下不停地反刍着,茫然地望着雨雾像炊烟一样在村子的四周升起。现在,它总算有时间站在远处慢慢咀嚼着自己早出晚归的村子了。我看到,阿敢和阿春一听到雨落在树梢上的声音,就急急忙忙地窜进身后的山洞里。他们在山洞外徘徊着,反复地把牛羊赶来喊去,似乎就等着一场雨把自己赶进洞里,就等着一场雨圈出一个温暖的洞穴,就等着一场雨哗啦啦地销去一切声音。我看到,带拐的阿桃终于把她那观音一样的脸从她家后窗移到门口,端端正正地镶在门洞里,那只没用的腿脚也在雨帘中梦一样消失了。她家门前的小路上,那些急匆匆蹚着雨水经过的人——有的穿着蓑衣戴着斗笠,有的顶着一片藕芋叶——他们突然受惊似的放慢了脚步,似乎不敢确定地看了一眼,又回头看了一眼。我看到,在雨中,有人急匆匆走进家里,然后慢悠悠地

蹲在门槛上；有人懒懒地走出家门，却野兔子般消逝在另一个黝黑的门洞里。我看到，在雨中，村子的炊烟破天荒地早早升起，夜晚也更早地到来，灯火更加亮堂，人影也晃动得特别厉害。

一场雨，真是上天一次奇怪的安排。它让快的东西开始停了下来，变得无限的慢；它让慢的东西开始活了过来，变得无限的快。

这样一场雨，对于村子，一定是件天大的事。树桩上的各种木耳等着一场雨给它听力，林子里的各种蘑菇等着一场雨给它力气，一条一条的山涧等着一场雨给它找回流泻的记忆。而我们——这群村里的野孩子，则等着一场雨给我们带来节日一样的快乐、温馨和放纵。也许稍稍不同的是，我还等着一场雨给我生命带来滋润。妈妈说，也许我是在一个雨季来到这个世界的，我才会这么喜欢雨。夜里睡得再死，只要一听到雨点落在瓦片上，我就会坐起来，支着耳朵听得入迷；很小的时候，只要有雨水——屋里漏下的滴滴答答的雨水，屋檐倒下的哗啦啦的雨水，院子里、小路上流淌着的汨汨的雨水——我就不再需要其他玩伴。下雨了，我懒懒地走出家门，懒懒地走在雨中。但是我知道，我的一切器官正像雨水滋润的木耳迅速地成长、开花。在哗啦啦的雨中，我张开像花一样的眼睛、耳朵、鼻子、嘴巴，当然还有每一个毛孔和回忆，感受着一切的一切对一场雨的隐秘期待。

爸爸悄悄地笑着对妈妈说，真是没办法的事，我真像我的爷爷，看来就是到老了，还会在雨天出门，最后，在雨天出事。

名 字

包兴桐

村子的后面都是山，山上都是树。

山鬼就喜欢住在这样的地方。他们和我们人类真的很不一样。我们白天劳动晚上休息，他们却相反，白天变成一片树叶、一个树桩、一块石头呼呼大睡，晚上却开始现出原形在林子里散步、聚会或唱歌跳舞。有时候，在一个月夜，当你走进后山的林子，会听到"吱"的一声响，然后，林子一片安静。其实，就在刚才，一群山鬼正在为一个小山鬼的诞生而又唱又跳。现在，他们"吱"的一声变成你身边的一块石头、一片落叶、一棵树。所以，在这样的夜晚，你最好不要在一块石头上坐得太久、在一棵树上靠得太长……

山鬼和人的世界，差不多构成了村子的全部。我们有我们的热闹，他们有他们的快乐。当月亮升起来的时候，我们就把村子交给他们；当太阳上山了，他们又把村子交给我们。村里就有不少人觉得山鬼的世界挺好的，至少，他们可以整天又唱又跳，他们可以不用为吃穿发愁；当然，也有不少山鬼觉得人的世界也不错，他们就模仿人的一些做派，有人看到他们在林子里像我们人类一样种些庄稼，像我们人类一样建个小房子，或者像我们人类一样烧把火或吵吵架。甚至有人看到他们学着我们人类一样走路、咳嗽。尤其小山鬼，他们最喜欢干这些事了。

他们白天一边变成一片树叶挂在风里呼呼大睡，一边又侧着耳朵偷听我们的讲话。他们对我们冗长而烦琐的话语无法理解也记不住，但对简短而响亮的名字却充满兴趣，一些机灵的小山鬼能记住许多个名字。夜晚来临，小山鬼们便会凑在一块比赛谁记住的名字多。有一些又机灵又调皮的，便会走到他们记住名字的那个人窗前，叫出他的名字。

"王磊，王磊！"

小山鬼在窗外叫着。

"喂!"王磊冷不丁应了一声,然后,就开了门,跟在那个调皮的小山鬼后面,向月光下的林子里走去。每一年,村子里都有一些人在夜里迷路,有的白天又找回来了,有的就再也没有回来。没有走回来也没有什么,那个不愿回来的人,要么是喜欢上了山鬼们的世界,要么,是山鬼们实在太喜欢他了。反正,都是喜欢的好事。只不过,他要改变一下作息时间罢了。

这些迷路的人,都有一个好听的名字,又顺口又温暖,几乎每个小山鬼都喜欢一遍一遍学着叫着;或者,他的名字并不是特别好听,可是,有人在心里的每一个角落都装着他的名字,总是在夜里一遍一遍叫着他的名字。小山鬼们听多了,也就记住了。

这样,村里就传下一个规矩,当一个陌生的声音叫我们名字的时候,我们最好什么都不说。

"小依依,小依依!"

记住了——你什么都不说。

蘑 菇

包兴桐

很多动物比我们要胆大，也更贪玩。像蛇，它敢爬上树去掏鸟窝，抓小鸟，也敢溜进人家家里，偷偷呆着，抓老鼠，偶尔也偷吃几个鸡蛋——鸡蛋比它的头还大，它也敢吃也能吃。碰到管闲事的猫或狗，它并不马上离开，而是先和它们玩上几招，一定等双方觉得斗了个平手，猫和狗也有了休战的意思，它才会很神气地游走。倒是我们，发现家里来了蛇，就紧张得很，讨来雄黄赶它，到村里的巫婆那里拿来神米洒它，当它很无奈很不解地游走了，我们还要点上几支香念上几句好话送它，也算是和它打了个平手休战的意思。

蛇厉害的地方，还在于它敢吃一种菌，蛇菌。它们大多长在阴湿的竹林里，像小竹笋一样立着，白白的身子顶着一个红红的像蛇头一样的东西，很是怕人；最怕人的是，它们身上有一层光溜的黏液，不小心碰到了，要赶紧到溪里去冲洗，不然，手就会开始慢慢地像蛇一样蜕皮。可是，蛇不怕，不仅喜欢和它们待着，还把它们当蘑菇来吃。

我们这儿的山上，有很多种菌，这些各种各样的菌，当它们可以拿到饭桌上吃的时候，我们就都叫它蘑菇。在山上，它们都有自己的名字：像扇子一样张开的，叫鸡尾菌；像一个球，里面的肉黑黑的，叫鸡肫菌；像发丝一样细细的，叫发菜菌；吃起来有猪肚的味道的，叫猪肚菌；此外，还有松树菌，红菌，黑菌，苦菌，酸菌，笑菌，哭菌，睡菌，酒菌，蛇菌，狼菌，鼠菌，鸟菌。

经常在一场大雨后，我们小孩子就提着小篮子到林子里去采野菌。可能是菌出来的特别多，林子的空气闻着也和平时不一样。林子里各种各样的菌都有，但大人们再三告诉我们，很多菌是有毒的不能吃。所以，我们最高兴的是找到鸡尾菌、鸡肫菌、猪肚菌和发菜菌。大人们还教给我们一个方法，如果一定要想采几朵其他的菌，那也要看看它们身上是不是有虫子，一

只小虫子也没有的菌，一定是毒菌。当然，还有一个办法，那就是看它是不是很漂亮，很漂亮很漂亮的菌，往往也是毒菌。只是，这个办法我们小孩子一般都不会用。

其实，大人也没有几个会识别。村里只有一个人，他认识山上几乎所有的菌。因为他认识所有的菌，他就成了村里最有威望的人。他知道哪些菌是可以吃的，哪些菌是动物吃，哪些菌特别酸，哪些菌特别苦，哪些菌吃了就会"滋滋"笑个不停，哪些菌吃了就会像喝醉了酒一样全身通红双眼迷离，哪些菌吃了就会睡个三天三夜把不高兴的事忘得一干二净。他家的饭桌上每一顿总是有蘑菇——各种各样的菌。客人来了，他希望客人开心笑个不停，就让他们吃笑菌，相反，就给他们吃哭菌。听说，他老婆生了男孩，来吃满月酒的所有客人，都"滋滋"笑个不停，整整笑了半天；他老爸走了，来吃酒的所有客人，都"呜呜"哭个不停，整整哭了半天。

当然，有时候他也给人吃酒菌，睡菌，有时候就给人吃酸菌，苦菌，有时候，也给人吃甜菌。他虽然知道所有的菌，但不知道怎么了，慢慢的，到他家做客的人却少了，后来，他只好自己一家人吃那么多有意思的蘑菇。

想念那些草

赵长春

我还不会说对不起，只是心里愧疚至极。

我会急急地冲进院子，冲到猪圈旁，将那可怜的几把草倒进去，在猪的哼叫声中掩饰自己。

还有暮色或者是淡淡的月色，也能掩饰我脸上的红，虽然我看不到，但烫热能让我感知。

当然，这些小把戏，躲不过父母的眼睛，虽然他们不说。

正是仲春或暮春，对于所有的生灵来说，那时的春天叫人对"荒春"这个词记忆深刻，可以说是刻骨铭心。

所以，吃不饱饭的人更无法眷顾猪了；所以，我们小孩子就多了个任务：剜猪草，或者说是挖草喂猪。

直到现在，我才明白家家户户养猪的真正含义，那实在是一笔大的进项，特别是到八月十五或者春节的时候。

可是，春上，猪崽被从集上带回家的时候，和人一样，要经受挨饿：刷锅水清淡得很！

所以，我们就去挖猪草。

游走在春日的田野，现在来说是一种幸福的事情，那时的我，感到更多的是风声和风凉，麦苗儿刚出头，有的田埂背阴处还有一坨两坨积雪融化后的湿润，与其他黄土相比，颜色深暗。田野一览无余，几株木杆撑举着三两电线，被风弹拨着，铮铮地响，响声更衬托了风凉，我觉得风是有手的，拨弄着我的发梢，还有耳朵。

我还看到鸟们。最多的是麻雀，在电线上缩头缩脑，远望着，像几朵黑色的花，很朴素，但在蓝色的天幕下，很动人，这些鸟儿就在电线上唱歌、吵

架、开会，或者沉默，自然而然地排列……

我喜欢看这些，甚至忘了时间已晚。

我还故意看那些草，草们都很小，很纤弱，甚至星星点点，一阵风似乎都能吹走它们。浅紫、淡黄、微红、薄绿，怯怯地在麦苗根部或者田埂上，细细地呼吸着。勾勾秧、拉拉秧、面条菜、灰灰菜，就这样被人命名着，被人随便地锄去，被我们拔到篮子里，带回家喂猪。

我喜欢看这些草，但我舍不得拔她们。我知道，一拔，她们就没命了，不能再长大了，不能长出更多的叶子更长的秧，更谈不上开花。

她们确实是有花，我小心地认真地看过，小得要命，那细细的芬芳必须跪下去贴近才能嗅到。

多好的草啊，多好的草们啊！有虫子上上下下，有蚂蚁们打招呼说话。她们会突然生动起来，从根部一波一波地传上来，那是蚯蚓调皮地挠痒，一定很痒。试想啊，脚底板儿是最痒的地方，根儿就是草们最痒的地方。

有一天，我和邻家的换姐打了一架。虽然她是女的，我还是把她压在了麦地里，十分难听地骂她——她把我还在看的一棵草拔了，下手很突然，从我的背后，忽地一声，我听到了草在喊疼的呼救声！

可是那棵燕儿麦已飘落进了她的草篮里，小伙伴们都这样挖草，甚至先说它是麦子，不能挖，然后在你转身寻觅的时候，骗你者就急忙下手了——换姐就是这样的人。

燕儿麦像麦，草色比麦浅白一点儿。如果躲过小孩、大人的轮番拔除，而最终和麦子一起长到初夏的时候，它的果皮一簇簇地炸开，像张开的燕翅，而果实细长，黑色，有头有尾，如等比例缩小了几十倍的燕子。

那时候，我认识了多种多样的菜，就是不太会辨认燕儿麦，于是，换姐没少抢夺我的发现。

她说，你不挖满篮子咋回家呀！猪咋吃呀！你妈会打你的……她说话就如她挖草一样疾迅，不用喘气但字词依然分明。

我就不理她，去看另外的草。

草多好啊，平静地安静地生长着，匍匐在大地，春一茬秋一茬，一年又一年，绿了远山绿了天边。我甚至想，跟着草走吧，绿到哪里跟到哪里，看能到哪里。

小学四年级时，我还带着这个疑问，教我语文的老师说，能到你的家，从哪里出发还回到哪里。

语文老师会写诗，会为一朵指甲花被女孩们捣碎包指甲而哭，人们说他比我还傻。

我不知道我傻在哪里，我只是忘记了挖草，忘记了篮子还在地里就回家了，告诉母亲关于线杆上麻雀们说的话。

我想，我少挖一棵草，草就多一棵，草就多活一天，草就会开花……

有时候，实在没有办法。我就在篮子底下支上树棍儿，虚虚的，扛回家。猪们像在欢迎你，声音很洪亮。可是我知道，实在对不起了。

——想念麦地的那些草们，它们还记得我吗？

还有换姐，我把她压在了麦地的时候，她并不恼，似乎还有些鼓励地按着我的背，头偏向麦子，脖颈上的那根血管，青青地，一跳一跳的。

小虫儿唱

赵长春

辛运鸣是在他去世三十来年后火起来的。火起来的是他的名字和他的音乐作品。

这是袁店河上下谁也没有想到的事情。约略对辛运鸣有印象的这样评价他：神经头、书呆子、八成、性不足。辛运鸣在这一点上最明显的表现是：大家都急着向前割麦子，辛运鸣突然停下来：听，云雀在前头麦棵里唱，高兴着哩！队长对这个高中落榜生滥施权利很恼火，一坷垃砸过去，前面麦棵子里就忽地钻出一对鸟，箭一样直射云天，一路飞鸣，眨眼成为小黑点——啥云雀？钻天吼！队长手一挥，割麦！

辛运鸣沮丧了一天，割得很不起劲。

像辛运鸣这样的人物能处上对象，在小村人的眼里，也是不可思议的。可是文芝当年非要嫁给他。文芝说他读书多，会写诗，是个文化人，又不耽误劳动。可是不到半年，俩人离了。文芝说，书不能当粮食，诗不能换钱。偷听过墙根的人说，运鸣喜欢文拽拽的话，钻被窝还要说酸词，外面的人都替他着急，失了兴致。

运鸣不急，依然故我。后来干脆在袁店河畔的竹林深处盖了一间房，竹枝烧饭，河水为茶，孤家寡人地过着。久了，人们都几乎把他忘了。

运鸣住到竹林里，为的是听鸟叫。竹林里多鸟，最多的是麻雀。运鸣最喜欢听麻雀叫，小村人都嫌聒噪，辛运鸣却说好听。早晨，麻雀们在枝叶上蹦跳着，一朵一朵地乍飞，商量着一天的日子。黄昏，麻雀们成群结队地回来了，一个又一个、一串又一串地落在沙滩上，黑压压地，小脑袋一点一点，小屁股一翘一翘，细脖子一伸一伸，走路一蹦一蹦，打着招呼喝水，在沙地上留下一个一个湿湿的"个"字。然后就突然轰的一声旋起，猛地扎进竹林，鸣声骤起，轰然一片！

　　下雨天，麻雀们一个个湿漉漉地缩头收膀，缀系在枝叶间，黑豆似的小眼睛透着亮，左一骨碌右一骨碌。雨声沙沙或唰唰。辛运鸣就在竹林间走动，随处撒些碎小米或者压坏的麦子；头发一绺一绺地贴在额上，唇头青白，看着比麻雀们还可怜。

　　麻雀们吃饱了喝足了，乍乍翅膀，一抖身子就飞上河边的电线上。小村通电后，还通了广播、电话。电杆上不仅有电线，还有电话线、广播线，五六根，高低上下。麻雀们很随意地落上去，叽叽喳喳，有上有下，长长地延展过去，衬着蓝天，很好看。

　　辛云鸣听着麻雀们的叫，就开始画，倚着电线的高低，依着麻雀们的站位，一道线一道线，一只鸟一只鸟，画技不高，倒像是五线简谱。画好了，放在小屋墙上的一个大牛皮纸信封里。那个牛皮纸信封很难得，是他从村上小学校的校长那里讨来的，邮票是毛主席接见红卫兵，用来放他的"五线简谱"。

　　天天画，辛云鸣不烦。他说，麻雀们也有高兴的时候，也有不高兴的时候，晴天一个样，雨天一个样。一家子在一起的时候是一种唱法，几家子在一起的时候是另一种唱法。也有独身的麻雀，离婚的麻雀，喜怒哀乐都表现在电线的站位上。就是不唱，各自站各自的位置也表达着唱……云鸣这样说的时候，村人一头雾水，更有人说他神经头、八成。

　　辛云鸣一笑，只管画，风里雨里，还有大晌午头。画好，存起来。后来鸭河口水库发电了，架起了高压线塔，辛云鸣就自己立起几个木头杆子，牵上五六根铁丝，让麻雀们站在上面沉默、吵架、开会、歌唱……

　　后来，辛云鸣不见了，不知道上哪里去了。放羊的天德说他见辛云鸣最后一次像是要捞河里的一只鸟儿，很往水里探身子……牛牵着天德往林子里挣，再回头，辛云鸣就不见了。也有人说，辛云鸣上省里找大音乐家们去了。说法不一。反正，辛云鸣在袁店河上消失了。

　　再后来，就是三十年后，小村的竹林子越来越小了，那个破茅屋越来越招人眼目了。人们说，拆了吧，怕藏野牲口。野牲口是袁店河土话，指狼一类的野兽。就拆了，就发现了墙上的那个大牛皮信封。抖开，一张一张的，发黄，霉，几根线上高高低低爬着"蝌蚪"。辛云鸣的本家侄子眼前一亮，像俺闺女拉二胡时的谱页子！

　　果然！辛云鸣本家侄子的闺女在省城大学学音乐，拉二胡。展开这些

发黄发霉的纸,操弦,推、拉、按、揉,天! 好听!

于是,就有教授们来袁店河了,说是寻找一个大音乐家!

辛云鸣是大音乐家,小村人张大了嘴巴!

辛云鸣的本家侄子没有把信封给他闺女,他说亏得没给,要不然这个傻丫头也给捐了,那信封上的邮票就值两头猪呢!

辛云鸣的本家侄子还说,听听小虫儿叫,就能成音乐家的话,我给俺闺女扎的本钱也太大了吧?!

小虫儿,也是袁店河方言,麻雀。

直接生活

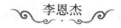

李恩杰

黑米粥

自古以来，黑色代表消亡。你却意味再生。

水联结起生命的个体，等待着命运之火的围攻与炙烤。苏醒。颤抖。由僵硬到绵软，由冰冷到炽热，你与灵魂一起沸腾。而此时，透明的水也化作黑夜，与你交融、纠结，最终化二为一，不分彼此。

原谅我，你在黑暗之中盛开的黑色之花我看不见；我只能倾听花开的天籁，以及灵魂的浅唱；我只能闻到郁结的幽香在扩散；我只能感觉到你渐渐膨胀的欲求如一页期待墨水喧嚣的洁白纸张。

一勺一勺的黑夜，流入我幸运的喉中。

荷包蛋

刚把你释放，你就背叛了以前的形态和气质。

得到一种自由的代价是失去另一种自由。它是茧，束缚你，也庇护你。可你毅然选择了挣脱和奔逃。于是注定了要进入又一场劫难。随遇而安。沸水如此滚烫，没有谁会从中尝出热恋的滋味。唯独你，不顾一切地投入犹如跳水者奋勇的俯冲，在千分之一秒内凝结，变作短暂的琥珀。

润滑、鲜艳、静谧、跳跃的光芒。

白与黄，圣洁与奔放。音符般颤动的雾，升腾，破碎，一如你破茧成蝶的梦境。

紫菜汤

水是生命的发源地。

海藻与水草，幻化成鱼一尾一尾，从大海游入小湖，我的锅中。

给你阳光，给你梦。给你飓风的咆哮与洋流的速度。浮、沉、升、降、伸缩、弯曲、摆动、碰撞、挤压、纠缠、噬咬。命运总喜欢这单调的游戏。

可是谁也不会甘心于玩偶的角色。你挣扎，呐喊。没有鳞片，无从抵御；没有眼睛，无从明辨；没有尾鳍，无从逃脱。只能依靠仅存的精神与意志，气若游丝也不能拒绝反抗。于是，全身皆是铠甲，眼睛无处不在，更无须逃脱。

你对胜利的庆祝，仅仅是微笑片刻而已。

午夜茶

疲倦就像一粒蚊子，嗡嗡叮咬我的梦呓。蚊香无济于事。它的天敌是激情。然而激情属于白昼，如同你属于黑夜。我张开干涸的唇，求助于你。你的气韵，你的枯涩。

灯火重新点亮，思绪绵绵不绝。绿是山野的清风沥沥；红是山涧的云岚袅袅；褐是山阳的浮土簌簌。

遥远的清香点叩着心扉，流动的液体消解掉紊乱与嘈杂。窗外的夜色与你相若：有沉淀的激情，游离的妄想，上帝指缝中漏出的点点星光闪烁无穷无尽的希望。

通过你，我救出自己。

古香六种

李恩杰

剪纸红

有一种红,如剔透的琥珀,如镂空的水晶,如东升的朝阳,如流淌的云霞。当这种红与真正的旭日叠合时,你会屏住呼吸,圆睁双眸,满脸的奇迹奔腾。

无言是对的,当它盛满朝阳溢出的光辉,将窗前的尘埃一扫而空。这时,红已超越了本身的意味。

外祖母粗糙的双手,竟能创造出这样的世界,让我一次次在激动中领略神奇,在期待中收获震撼。剪一株果树,果树散出枝叶,如闪电般;剪一只凤凰,凤凰展开翅膀,还伴有呼啸的声响;剪一个娃娃,娃娃就成了我不安的影子。花朵绮丽,果实芬芳,风秀逸,云俊美,甚至是老媪手中的扫帚,汉子肩头的扁担,都在剪刀的咔嚓声中鲜活、生动。总之,红的寓言刺痛我双眼。

剪去岁月的琐枝繁叶,留一窗明媚的暖月之光,留下我伶俐的童年。

武术与书法

多少年来,我耗费大量的时间和精力,一直致力于以下两件事:探寻武术的真谛,洞悉书法的精髓。

和平常毫无二致的一天夜里,万物无声,大地喘息,忽然间我发现,这两件事完全可以化整为零(发现这一秘密,不能不说是上帝的馈赠)。武术是动态的书法,书法是凝固的武术。武术在拳脚上落崖惊风,字迹在宣纸上生

龙活虎。

狂草，多像一套步法稳健的醉拳；竹简上小篆则是风生水起的太极；这一个字看似白鹤亮翅，那一个字仿如双峰掼耳。一横一竖，一拳一掌；一笔一画，一招一式。一管好笔，舞出刀光剑影；十八般武艺，汇聚成一纸灵动的墨迹。

我提笔挥毫，开合向背，疏密曲直，写一阵拳脚在纸上，生命层层递涌，有形意团抱、阴阳交汇、刚柔并济、虚实相生的风情万种。

武者舞于墙，书者费思量。

邂逅京剧

一方戏台，就是一个大千世界；一垂布景，就是茫茫的万里河山。

锣鼓一如鞭炮，抑扬顿挫，牵动缓缓急急的步伐，众人的心被提起，又被压低，留下喝彩或叹息雨一般降落。

幕起，数不清的渴望被杀伤的眼睛、耳朵，期待着声、色、光、影的来袭。山雨欲来风满楼，风在席间游弋又呼啸，仿佛盲目地穿梭，撞击出紧张的闪亮火花。

坐唱念打，各有一番风骚与神韵，众心飞舞，专注的瞳孔含笑含泪含恨含怨，一直走马灯似的转换。生旦净末丑，脸谱辨忠奸，笼统的分类又怎能掩饰性格的多样和人心的繁复？

今夜，我邂逅京剧。今夜，梨园又逢春，寒意在身后疾步追赶，如梦的衣装洒落精彩满天。

鼓乐渐息时，明月已升起。

唐诗内外

如果谈起诗歌，就避不开唐朝。

唐朝，那是一个绝妙的时代，诗歌之花遍地盛开，其形华华，其光灼灼，上至达官显贵，下到乡野妇小，都可以随意采撷。花香在姑苏城外飘逸，在浔阳江头盘绕，在水村山郭间弥漫，最后在石破天惊处戛然而止。

这花香像一场摧枯拉朽的飓风，几千年后的今天，花香犹在，醉透世人的心肺。

唐诗之内，是美与真的相互碰撞；唐诗之外，是生活的酸甜苦辣和命运的悲欢离合。心怀唐诗，就是诗意地栖居。唐诗之内，是一方的精粹；唐诗之外，是辽远的历史。天地苍茫，云层紧凑，尘外，一曲绝响回荡在穹隆。

稚嫩的童声念过，南飞的雁群唤过，轻巧的蟋蟀唱过，东流入海的黄河也在朗诵，时时刻刻，天天年年。待到我读唐诗时，它早已成了蕴藏已久的佳酿，暗香涌动，醇美绝伦，我不能自主地在其中沦陷，酩酊大醉。

一醒来，黄河的涛声便灌了满耳。

走进国画

走进国画，走进一所古朴的深深宅院，走进一片清凉如水的葱茏心境。

国画之门洞开，却不易遁入。经过几多目光与目光的交错，几多思绪与思绪的齿合，我才有幸游移于这一方院落，步步惊心。

高远，平远，深远，全在俯仰怅望之间；淡墨，浓墨，泼墨，如细雨轻轻润泽或急雨的肆意挥洒。渲染之处是流云浮过，而干裂的笔触缘于惊雷，闪电之鞭的末梢弯曲，分叉，打结，抖落无数藤黄、花青、石绿、朱砂、雄精、天蓝的羽翼。

走进国画，我是竹排两侧渐次逼近的青山，是岸边倒影之上的巍巍枯树，是树下抚琴的老者，是以荷叶为伞的水鸟，是弥望的牡丹花，是灵动的虾，是奔逸的马，是蚱蜢，是鸣蝉，是秋日葡萄，是葡萄灼目的紫光。最后，我化作湖心独钓寒江雪的渔翁。

走进国画，就像回到故乡。

小忧伤

赵 瑜

我们家的玉米地里长满了草,我和几个小孩子一起割草。

说好的,每个人要割两垄玉米,可是,我们只割了一垄就停了。原因是我忽然有了好的主意。

我把他们几个叫过来,商量说,我们割完草以后拿回家干什么啊?

他们就像回答老师提问一样,异口同声地说:喂羊。

既然把草割了带回家喂羊,那不如把羊牵到地里来,就省得割草了。

我的话得到了他们的同意,于是,我们就牵着各自家里的羊到了地里。

只是,我们忘记了一件事,那就是,羊不但吃草,它也吃玉米。

于是,我们的计划失败。

有一年,我们家里种了很多红薯。

实在是太多了,就堆在院子里。

邻居家里的猪跑过来吃,我看着它,并不赶它走。

我母亲看到以后就把猪赶走了,并责怪我不懂事,要把别人家的猪赶走。

我心里想,这是赵四儿家的猪,反正赵四儿来了也是要吃我家的红薯的,他们家的猪来了,就代表他算了。

母亲怎么能懂得我的心事呢。

我喜欢上班里的一个女孩子,就和她一起玩丢沙包。

她把沙包丢给我,我往兜里一装就跑了。

第二天也是这样,只要她丢沙包给我,我就往兜里一装就跑。

结果,她并不追着我要,却不再和我玩了。

有一天，我看着她和其他男孩子在一起玩得很开心，突然觉得伤心，把兜里装的沙包都扔到了墙角里。

我去后面的坑里游泳的时候，我的脚被一块碎酒瓶划破了，流了很多血。

我不能去上学了，躺在院子里晒太阳。

赵四儿来看我，说他们班里的谁的帽子很好看，还有一个女生自己会织手套。

我就问他，我们班呢。

赵四说，我去看过了，你们班的学生都打打闹闹的。

我沉默了好久，感觉无比难过，原来，班里面没有我，他们照样过得开心。

有一天，我们讨论母亲的话题。

我们就一起嘲笑小个子蒙蒙，因为他是吃羊奶长大的。

我说，吃谁的奶长大就应该叫谁妈妈。

我们见了每一只羊都大声喊大婶子，因为我们管蒙蒙的妈妈叫大婶子。

蒙蒙就哭着到我家里告状。

前街里的一个孩子在河里游泳时出了事。

母亲担心我，就不让我去游泳。

后来怕我偷偷去，就每一天在我的肚子上用锅灰画一道。

可是，赵四儿他们老是叫我去游泳。

我忍不住就陪他们去了，完了以后，我让赵四儿帮我在我的后背上用锅灰再画一道。

可是晚上的时候，还是被母亲打了一顿，原因是，赵四画那一道的时候手抖了，就画成两道了。

我们几个小伙伴一块去看戏。

经过一番努力，我们终于挤到了最前面。

想不到，演戏的人正在结婚，他们把花生和糖果拼命地向台下扔，我和赵四儿和国子每个人都捡了满满的一兜。

第二次看戏，我们也是奋不顾身地向前挤。可是不知道怎么一回事，那几个唱戏的人突然拿起一把铁锹拼命地往台下挖土，这一次，我们几个人都被弄得灰头土脸，狼狈不已。

我那时候不信神的。

路过一个寺庙，我们就进去了，看着别人烧香磕头挺好玩的。

我就也趴在那里磕了一个头。

磕完头了，赵四问我，你磕头的时候许愿了吗？

我想了想，就又去那里磕了一个头，在心里默默地念着一句话。

赵四就问我，你许了什么。

我说，我待会想拾五毛钱。

赵四说，真厉害，我刚才许的愿是待会儿拾一毛钱。

有一年下了大雨。

把我们家都淹了，路上全是水，学校没有办法上课，小伙伴们也没有办法见面。

我就在院子里叫邻居家的小孩子，让邻居家的小孩子把话再传给另外一家孩子，再然后把话传给赵四儿。

我是想问赵四儿家的水好喝不。

结果，赵四儿让邻居家的孩子回过来话，竟然是，他家的羊丢了，可能淹死了。

我本来想再问他一句话，不过，邻居家的孩子已经睡了。

我喜欢烧锅。

我把馒头放进锅底门口烧，把花生放在那里烧，把哥哥捉回来的鱼用烟盒纸包起来放在那里烧，把玉米棒放在那里烧。

每一次烧锅，我都会烧好多东西，但母亲要我烧的水，总是很久还开不了呢。

于是，母亲总是一脚把我踹开了，她自己坐在那里。等到饭做好了，我才发现，母亲没有发现我烧的东西，那东西已经不能吃了。

我那时候有一个理想，就是快些长大了，我自己成一个家，在自己的锅里，天天烧东西吃。

守株待兔之前后

王彦艳

　　宋人有耕者。田中有株,兔走触株,折颈而死。因释其耒而守株,冀复得兔。兔不可复得,而身为宋国笑。

　　记载我的这个故事,文字很美,简约庄重,一如商鼎上的纹饰。后来故事湮进历史,纹饰在岁月里变得轻薄,飘进了大街小巷。我的故事就成了一则浓彩的寓言。

　　我的登场,是锣鼓喧天里,响板紧敲后一个不可回避的亮相,无可掩饰,也不能解释。是正传,是主人公不能做主的言说,是亮堂堂的堂屋样的一览无余。真正的心事,都在厢房里紧闭。

　　那一年,春天比往年偷偷早到了有两三天,我感觉到了。年复一年,我总在焦躁中渴望这个季节的来到,像饱含激情的少年在等待他的姑娘,总能捕捉到最细微的声响和气息。只是我对它的等待,是随时随地,而它的到来也总是那么美妙,从不让我失望。在它的颜色、它的声响和香味里,我与生俱来的、不可名状的焦躁得以解脱。

　　那天早晨,我在种满紫苏的小院子里拨开了一片去年的桑树的落叶,果然,正如我梦见的那样,芍药正在桑树叶下裂开它的外衣,红玉一样结实娇小的小身子在一开始就显出了灵气和美丽。紫苏更年的枝杈伸胳膊张腿地在风中傻站着,还在懵懂地辨别着春的消息。我满心的欢喜。

　　我走出了院子,开始我的春游。我几乎是夜以继日地在村里村外游荡。我握过了三十二个春天的手,它们一个比一个清新,但一个比一个都更短暂。

　　当笛子一样笔直的梧桐树长出油嫩的叶子时,天空飘来了轻柔的彩云。很快,长着灰蓝翅膀的大鸟不再捕食麻雀了——那是冷天时,它们常干的

049

事。村落里开始到处繁花似锦，热腾腾的土地上有越来越多的人在劳作。为了避开他们的视线，我更多的选择在草地上躺着，就是躺着，做梦或者不做梦。这样，我会误以为春天长得没有尽头。

无可避免的，我要过一生都日出而作日落而息的生活，但我有我的幸福，那就是繁花似锦的春天。

那个灰小兔撞到树上时，惊醒了我的梦。我看见紫色的桐花都变了颜色，我知道它没命了。我把它提回家，我的家人吃掉了它。这只兔子，是我在这个春天对家里唯一的贡献。从此，我为我在地里游荡找了一个很好的理由，那就是守株待兔。

整个春天，村里的人都在传说我的愚傻。那年，槐花的香气在村子里飘动时，就蕴含了更多的内容。村西头的水井旁，有很多路过的外乡人在那里歇脚。他们喝过甜美的水，恢复了体力，也顺便带走了我的故事。故事慢慢失去了细节的真实。

后来，所有的人都知道，我再也没有等来一只兔子。

很多个春天又过去了，在它的温暖里，我一直是这块土地上一个安静的客人。

再后来，世间有一个叫幾米的人，他知道我等来了什么：

守株待兔的第四天，我凝视远方，开始欣赏云朵的变换；

守株待兔的第十天，我学会分辨小鸟的叫声、嗅闻不同花草的香气；

守株待兔的第十七天，我可以从微风中感觉到蝴蝶的心情；

守株待兔的第二十天，一群小兔对我微笑，送我一朵紫色的花，我们闲聊了很久，并互道晚安。

春光美

周海亮

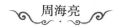

　　街路划一条漂亮的弧线,探进公园深处。公园绿意盈盈,却有桃红粉红轻轻将绿意打破。柳絮开得模糊,阳光里飘起,落满松软的一地。鸽子们悠闲地散步,孩子们快乐地玩耍,空气里弥漫着花香,沁人心脾。春天属于山野,属于城市,属于公园,属于公园里每一朵勇敢开放的丑丑的小花。

　　春色惹人醉。

　　可是女孩的棍子畏畏缩缩,慌乱并且毫无章法。灾难突然间来临,令她猝不及防。现在几个月过去,她仍然不习惯手里的棍子,不习惯战战兢兢地走路,不习惯眼前永远的黑暗。女孩面无表情,棍子戳戳点点。于是,那棍子,碰到了毫无防备的老人。

　　老人发出极其轻微的"嘘"的一声。

　　对不起。女孩急忙停下来,对不起……戳痛你了吧……真的对不起,我是一个盲人……

　　没关系的。老人轻轻地笑,你不用解释……我知道,你只是有些不便。

　　只是有些不便? 女孩的神情霎时黯淡下来,可是我看不见了,永远看不见了……就像现在,每个人都可以在这里欣赏春色,我却不能……

　　可是孩子,老人说,难道春天只是为了给人看吗? 难道春天里的一花一草,只是为给人欣赏而存在吗?

　　难道不是吗?

　　当然不是。老人说,比如我面前就有一朵花……这朵花很小,淡蓝色,五个花瓣……也许它本该六个花瓣吧? 那一个,可能被蚂蚁们吃掉了……花瓣接近透明,里面是鹅黄色的花蕊……我可以看得见这朵花,然而你看不到。可是这朵花因为你没有看见它而开得松懈吗? 或者,就算我今天没有

坐在这里,就算我今天也没有看到它,就算整个春天都没有人看到它,它会因此而开得松懈吗?

……

还有无数山野里的花花草草,有多少人会注意它?或许它的一生,都不会被发现,被关注,被赞美,可是,它们为此而懈怠过吗?还有那些有残缺的花儿,比如被虫儿吃掉花瓣,啃了骨朵,比如被风雨所折断,被石块所挤压,比如我眼前的这一朵,它们可曾因为它们的残缺和大自然给予它们的不公就拒绝去开放吗?

……

春天或许是花儿最美的季节,却绝不是唯一的季节。你该知道,当秋天来临,所有开过的花儿,都会结成种子。就像我眼前的这朵小花,它也会结出它的种子……这与它的卑小无关……更与它的残缺无关……它是一朵勇敢的花儿,勇敢的花儿都是快乐和幸福的。你认为呢?

……

你在听吗?孩子。

是的奶奶,我在听。

花儿就像你,你就是花儿……为什么闷闷不乐呢?为什么要放弃开放的机会呢?为什么要放弃整个春天呢?

我没有放弃春天……可是我看不到春天……

你还可以去触摸,孩子……你可以触摸花草,触摸鸽子,触摸土地和水,阳光与柳絮……其实盲人也是可以看到这世界的,却不是用眼睛,而是用心,用感觉,甚至,用爱……

您是说,用爱吗?

你认为呢?你该知道,在这世上,除了你,还有你的父母,你的亲人,爱你和关心你的人……如果你连春天都不再去爱,那么,你怎么去爱他们?我知道你看不见春天,可是你的心里,难道不能拥有一个温暖而美好的春天吗?只要你还相信春天,那么对你来说,这世上就还有春天。只要你是快乐的,那么,你的亲人也是快乐的。只要他们是快乐的,那么,你也就快乐了。我说的对吗?孩子。

……可是我不知道这里的春天是什么样子的。奶奶,你愿意把你看到的告诉我吗?

当然可以,孩子,我很乐意……你的面前有一朵花儿,蓝色的花儿,五个花瓣……你的旁边有一棵树,树长出嫩绿色的叶子,那些叶子很小,漂亮的心形……再旁边有一个草坪,碧绿的草坪,有人在浇灌它们……再往前,是一条卵石甬道,鸽子们飞过来了,轻轻啄着人们的手心……柳絮落下来了,就像一条一条调皮的毛毛虫……

女孩听得很是痴迷。她的表情随着老人的讲述而变化,然而每一种变化,都是天真和幸福的。似乎,女孩真的看到了整个春天。

女孩是笑着离开的。她的棍子在甬路上敲打出清脆的声音。她步履轻松。她像春的精灵。

……然后,老人轻轻拍拍她身边的导盲犬。她说虎子,我们该回家了。她戴着很大的墨镜。她悄无声息地走向春的深处。

春光美,春色惹人醉。有时三点两点雨,到处十枝五枝花。

驮豆子

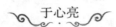

于心亮

有人来找大舅,帮忙驮豆子,说来回十块钱,行啵?

大舅倚在墙根下晒太阳,不远处,沉思默想着他的驴,大舅就把他的目光揉成细长细长的一缕缠过去,说:行,怎么不行?

太阳在头顶上不错眼珠地看人,狗把嘴插在屁股下,用尾巴遮着脸,认真地睡。我跳在大舅身旁:驴快下崽了,怎能干活?

大舅望着人去的背影,思量着说:一个杠的……

翌日晨起喂驴,发现下雨了。大舅去看苫檐,那里像有一群小孩在排着队往下泄尿儿。我说大舅,不去了吧?

大舅把蓑衣披给驴,自己顶张塑料布,往雨里走,说:吃菜那年,我吃过人家两片地瓜干。

我身上裹个麻袋,手牵着裤脚,在雨中呱唧呱唧撵,大舅说:湿淋淋的,回去。

我不回,说驴要是下崽了,我抱它。

大舅不说话,我也不说话,只是闷着头走。驴把喷嚏打在雨中,很响。

雨中的路很粘脚,驴却走得很快,四只蹄子一朵花儿一朵花儿地开在雨水里,看上去很得意。大舅说:嗯,这畜生。

驴走得快,我也走得快,大舅却在身后磨蹭,他捡些石头瓦片把路上的坑洼填平,他害怕回来时,崴了驴的脚。我喊回来再填吧。大舅说回来不敢停,停下,驴会累。

近午时,地方到了。大舅喂了驴,又掏出俩火烧,扔一个给我,说,吃吧。大舅喂驴时我看了,他双手捧着饲料,一把一把喂驴。

驴饱了,我们也饱了。往驴背上装豆子,二百来斤的袋子一上身,驴忽闪了一下,大舅说:嗯,这畜生。

这一天的雨好像永远没停,淅淅沥沥缠得人没完没了。驴把蹄子碎得很急,都有点乱了。大舅就喊住驴,把豆袋子挪到自己肩上——驮着走。

这一路大舅走得很慢,我走得很慢,驴也走得很慢,我甚至能带着驴去路旁水洼里吓唬淋雨的青蛙。

后来我发现大舅肩上的豆袋子破了一个洞,颗粒饱满的大黄豆会随着大舅的脚步星星点点跑出来,我就捡了,一颗二颗三颗……

捡了一大捧豆子,然后捧着喂驴,大舅看见了,说:你咋这样呢?

我说豆子是白捡的,落在路上糟蹋,不如喂驴。

大舅就从驴嘴里抢豆子,说:你咋这样呢?

大舅走走停停,脚窝儿踩得很深,能栽树了,却还外露心眼,喊:别让驴喝路旁水。我望着雨中迷蒙的远处,想家中的热炕头,想散发着干草和驴粪味的柴棚,还想看家的狗在屋檐下摇着尾巴盼人回家,我想啥时能到家啊……

我喊大舅,让驴驮会儿嘛!

大舅也不知是汗还是雨,反正一脸水珠子地闷头走,说:还不到时候,我再驮会儿,再驮会儿……

临近傍黑时,终于瞧见雨中敦敦实实的村庄了,有人影和牲口影在暗的雨中晃晃地走。大舅吁口气,把豆袋子卸向驴背。驴把蹄子奏成一片呱呱声,像踩了无数只青蛙。没了豆袋在身的大舅却反倒不会走了,他佝着背,偻着腰,拄着我的肩膀,慢慢地挪步。

卸豆子的时候,院里俩闺女在争一半破烂饼子吃。大舅斜着眼睛看了,又瞅着厚着笑容凑上近前的脸,把工钱推回去,说算了吧。

我和大舅牵着驴向外走,那人依然要塞钱,大舅有点恼:我说了,算了。

走出门,忽然想起忘取麻袋,我就颠儿颠儿回去取。

炊烟被雨欺在屋檐下,我在雨中的巷里急跑,我一头撞开门,嚷:他家在吃白面饺子呢!我看见了,饼子扔在鸭棚里,鸭都不稀罕吃……

大舅朝那人家的方向看了一眼,又去看驴。大舅一直没说话,他在心疼他的驴。

搂树叶

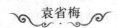

袁省梅

几股风刮过，天气就一日赶着一日地走向清凉，薄寒。树上的叶子一个夜里就能落一层，一个早上也能落一层。没有风，树叶子也纷纷往下落，好像地上有谁唤它们一般，窸窸窣窣，哗哗啦啦，匆匆地往地上赶。

爷爷站在院子，抓一把胡须上的风，喊一声，搂树叶子去。

爷爷夹着大的布袋子，奶奶夹着大的布袋子，我夹个小的布袋子。爷爷走得急，他是担心人家把树叶子搂没了，嗵嗵地撂着大脚催促奶奶快点。奶奶不理爷爷，悄悄地指着爷爷的后脑壳对我说，老财迷老财迷。我哈哈大笑。奶奶赶紧扯了我的手，警告我小心老财迷翻脸骂人。奶奶的一双小脚却拧来拧去快了许多。

刚走到村外，落叶就挡在了眼前。大的桐树叶子小的榆树叶子，铺满了小路。我张开袋子要搂。爷爷不让。爷爷给我使个眼色，走，前面去。奶奶捏着我的手说，跟着老财迷走吧。爷爷嘎嘎笑着，一双大脚踩得树叶子都飞了起来。

拐来拐去，爷爷带我们走到下牛坡边的树林子，不走了，抖开袋子，吼一声，搂。

嗬，果然是个落叶的世界。噗通一脚踏进去，叶子忽悠就跳到了半小腿。密密实实，一片压着一片，一层盖着一层，一阵风吹过，又簌簌落下一层。没了风，叶子也飘落，一片追撵着一片。偌大的林子铺得十个棉被一般厚，好像全世界的叶子都飘落到了这里，好像这些叶子聚到一起就是专门等爷爷来搂。

爷爷一手扯着袋子，一手往袋里填塞叶子，忙得烟也顾不得吃一口了。奶奶也蹲在地上，搂一堆树叶子就往袋里拨拉。我扔了袋子，摔了鞋子，踏在毯子般的叶子上，一会儿又在"毯子"上蹦跳、翻跟斗，折一根树枝，把树叶串一串，当了马鞭子，或是旗子，举着呼啦啦疯跑。一会儿又搂起一把树叶，哗地向空中扔去。一边耍着，一边高兴地嚷：散花了，散花了……

爷爷性子急，担心搂不够冬日烧炕、引火做饭的树叶，担心他人搂光了树叶，一会儿就要抬头高声呵斥我一下，叫我不要贪玩，说不好好搂，看寒冬腊月不冻坏你个光屁股。又匆匆地低头装树叶。

奶奶跪在树叶上往袋里装叶子，白一眼爷爷，看着我，咯咯咯咯笑个不停，说，好好耍，甭理这个老财迷。

邻居六爷夹个袋子，站在林子外讪讪地说，这片叶子倒多咧。

爷爷不说话。我看爷爷黑沉的眉眼，知道爷爷心里跟六爷还别扭着。因为一根柴火，六爷跟爷爷昨天吵架了。奶奶使眼色叫六爷进来搂时，爷爷却说话了，还不进来搂等风把叶子都吹跑了还是等叶子都沤了烂了呢？

六爷欢喜地把他的旱烟袋子扔给爷爷，叫爷爷歇歇，吃上一口再搂。爷爷接了旱烟袋子，装了一锅烟，一吃，就皱起了眉，说没劲，又把他的旱烟袋子扔给六爷，叫六爷吃一口他的。六爷吃了一口就嘿嘿笑。爷爷吧唧着嘴，急急地问咋样？六爷不吭气，只管嘿嘿嘿嘿笑。爷爷也嘿嘿嘿嘿笑。我看见爷爷脸上的皱纹一层一层挤着往上叠。

所有的袋子都如爷爷所愿圆鼓鼓瓷实实地再也装不下一片叶子了，爷爷才满脸的红紫橙黄，也顾不上吃一袋烟，也不喊说腰疼了腿脚硬了，倏地将一个袋子甩到肩头，又叫奶奶给他的另一个肩上再放一个袋子，兴奋奋地扛着袋子往家送去了。

爷爷不让我们走，看一眼搂得正起劲的六爷，叫我们把叶子往一起堆，先占住，不要叫旁人搂走了，他把叶子装柴房，腾出空袋子，再搂。

奶奶咯咯笑着说，你瞅这老财迷，把个落叶子当个元宝了。

爷爷耳朵也不背了，回头要跟奶奶理论，像拉磨的驴子一样转来转去，却看不见奶奶。他的头被两边的袋子遮住了。我和奶奶笑得躺在叶子上。

奶奶找来软的树叶，给我编个蝴蝶；从水渠边拽来几棵狗尾巴草，给我编了个小兔子。我举着奶奶编的蝴蝶兔子在树叶上又蹦又跳。玩累了，奶奶和我躺在厚厚的落叶上，给我讲"猴娃娘"，讲"七仙女"。深秋的阳光像个棉袄暖暖地盖在我身上，我睡着了……

如今，奶奶讲的故事还清楚地记得，与爷爷奶奶搂树叶的日子还清楚地记得，那些树叶编的蝴蝶兔子却找不见了，爷爷奶奶也找不见了。我站在小城的深秋里，看着日渐疏朗的树和光洁的街道，也不知道那些叶子都飘到哪里去了。

月亮是乡村的一枚印章

曹春雷

　　月光下的乡村是温柔的,尤其是这清凉的夏夜。

　　当村庄上空的炊烟袅袅散去,月亮已爬上柳梢头。如水的月光倾泻下来,给村庄披上了一层薄薄的纱,显现出一种朦胧的美。那盘吱吱呀呀转了一天的石磨,停歇了下来,女人们的笑声刚刚散去;麻雀、斑鸠、喜鹊,还有很多很多的鸟儿,飞回建在树上或屋檐下的巢里,渐渐收声不语;圈里的牛或者是羊,在月的光影里,慢条斯理地享受它的晚餐;村头那棵两抱之粗百年古槐,以虔诚的姿势,接受月光的洗礼……白日的喧闹,连同白日的暑气,一下子溶入这月光的海洋,一切都是祥和的宁静。

　　乡村的月亮不同于城市的月亮。城市的月亮跻身在高高的钢筋水泥丛林里,暗淡成一盏寂寞的灯,寂寞地悬挂在高楼的一角。散发出的光,早已被七彩的霓虹分割得支离破碎。在这不夜的城市里,月亮是一种可有可无的装饰品。

　　月亮是属于乡村的。夏日的夜里,一家人在院子里的葡萄架下,在习习凉风里,摆了桌子,以月作烛,来一顿月光盛宴。"举杯邀明月,对影成三人"。刚倒上了酒,月亮一下子就跳入酒杯,先品为快了。男人将酒喝得嗞嗞作响,喝着喝着,寻思着还缺些什么,就起身到旁边的菜垄里,随手摘一支尖辣椒或者一支黄瓜,再或者是西红柿,用自来水一冲,就成了一道绝美的下酒菜。身旁的花,在月光下弥散出幽幽的香,沁人心脾。庄稼人不懂唐诗,却一样活得诗情画意。

　　会有孩子哼哼唧唧磨蹭着不吃饭,奶奶就会指着天上的月亮哼着小曲,月奶奶,割韭菜,包包吃,牛肉馅子,馋小孩。在这歌谣里,小孩就会睁大眼睛望着月奶奶,仿佛真看到牛肉包子掉下来。抽着烟卷的爷爷,会望着月亮清清嗓子说，今天又是一个月圆夜，许多年以前，也是这样一个夜晚……这也许又是那个讲了一千零一遍的故事，但听的人依然会表现出极大的兴趣，一边看着他的烟头在月色里一明一灭。

月亮是无言的智者。她见证着这个乡村的过去、现在，还有不可知的未来。她知道这个乡村是怎样从一个荒凉的不毛之地，一步步繁衍兴旺起来的。她熟悉这个乡村的每一个人，看着他（她）从当初一个牙牙学语的婴孩，慢慢成长起来。她还记得曾经青梅竹马的男孩、女孩们，说过的那些情意绵绵的话，还记得……她什么都知道，但她什么都不说，只是深情地、默默地注视着脚下的这块土地，守护着一个村庄的秘密。

要感受月光下的风景，是少不了池塘的。似乎每一个乡村都有一方池塘。池塘或大或小，是村中的最低洼处。下雨时，雨水汇集成的小溪都会流入到这里。池塘里会种一些藕，养一些鱼。月光下，荷叶田田，荷香清幽，别有一番风致，是可以和朱自清先生笔下的荷塘相媲美的。有风吹来，将荷花的香吹送到每一条街道，满村庄流动着的，都是这浓郁的香气。

荷花香里说丰年，听取蛙声一片。月亮初上时，一只青蛙试探着叫了一声，"呱呱"，两只、三只跟着叫了起来，声音悠长而慵懒，越来越多的青蛙加入到这大合唱中。在乡村，人们是不会花昂贵的钱，到城里去听交响乐的，因为在他们身边，随时随地，都能听到这原生态的天籁之声。

月光会照亮通往村庄的那条山路，偶尔会看到一个在亲戚家喝醉了酒的人，走在崎岖不平的路上，摇摇晃晃，有时会惊起一只在路边寻食的野兔，箭一般逃去。

月光会照亮那条绕村而流的小河，看着那明亮的水，流动在水渠里，汩汩地淌进麦地里。看着麦田里那几个依然忙碌的农人，在为丰收前的小麦浇最后一遍水。她会听见饱满的穗里，麦粒在努力鼓胀的声音。农人走过的地方，偶有野鸡，会扑棱棱飞起来，咯咯叫着，落在远处。"咕咕喵，咕咕喵"，这片土地的月下守护者猫头鹰，正在以锐利的目光搜寻着麦田里的盗贼——田鼠。在这夏日的夜，麦田是小动物的天地。

这时候，村里一户一户的灯，开始陆续灭了。偶有一两家还亮着。或许这家明天就要娶新娘了，一家人还有亲戚邻居们，在忙忙活活准备明天的宴席，炸肉蛋的香气在月光里飘散开来。

也有即将远行的人，明天就在天涯海角了，还在与父母说着说不完的话。母亲也许在"临行密密缝，意恐迟迟归"，恨不得将这一地月光都缝进儿

子的行囊里。

　　此时,夜静谧,万籁俱寂。偶尔会有布谷鸟,被明亮的月光惊醒,以为白天来到了,"布谷、布谷"叫起来。谁家的狗会警觉地汪汪起来,引来全村狗的应和。这一片汪汪声,涟漪一般荡漾开来,逐渐消失在如水的月光里,使得这夜更为寂寥。

　　夜深了。永恒的月光,是一支永恒的摇篮曲。在这轻柔的曲子里,小山村像一个婴孩,甜甜地进入梦乡,怀揣着一个明天的梦。

　　月亮是乡村的一枚徽章,有人这样说。其实,月亮更应该是乡村的一枚印章,是乡村盖在天空的一个戳。一个乡村的孩子,无论走到哪里,只要一看见月亮,就会立即想起家乡的月光,月光下那个美丽的村庄。

乡间稻草人

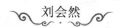

刘会然

在乡间田畴，稻草人是最常见的，在撒播种子时节，在稻谷金黄时节。微风吹拂，稻草人会远远地朝你挥手致意。

在鸟的眼里，稻草人是他们的最恨，稻草人待在一个地方一动不动，像主人忠实的奴仆，张牙舞爪。愤怒的鸟会用粪便做武器，像空对地导弹，把粪便狠狠地砸向稻草人的头顶，可惜的是不管导弹的威力有多么威猛，可就是射不穿稻草人头上的稻秸草帽，风一吹，稻草人依然舞动着长长的衣袖，迎风而舞。鸟很沮丧，只能远远地避着稻草人。

一次，我问爷爷，鸟儿这么怕稻草人，难道稻草人有生命吗？爷爷说，谁说稻草人没有生命？

每年谷雨过后，发出翠芽的谷粒就要被农民洒向平坦的秧床。春天的鸟儿历经寒冬的饥饿，会没命般扑向稻田。农民没有精力去和鸟儿战斗，农民找到了自己的代理人——稻草人去和鸟儿们斗，聪明的农民和鸟儿们打的是一场代理人战争，自己一年下来毫发无损。

每年早春，家家户户都要扎上几个稻草人。爷爷扎的稻草人总是全村最好的。爷爷每年冬天就要物色好扎稻草人的棍棒，爷爷说，这是稻草人的骨骼，不能马虎。村里人都是很随意的选择柳树和陈年的松枝，爷爷选择的枯瘦的乌桕树或粗壮的木槿树。别人是弄好十字架后往上面捆上稻草，胡乱地穿上不整的旧衣衫。爷爷说稻草是稻草人的肌肉，要有型，于是爷爷用藤条把稻草人扎得有型有肉。爷爷给稻草人穿上厚重的长衣衫，腰间还要别上锃亮的铁皮腰带。爷爷扎稻草人很慢，慢得母亲难以忍受，骂他是扎自己死去多年的婆娘。爷爷不理不睬，依然慢慢拾掇点缀。待把稻草人插在田畴后，爷爷才会心一笑。爷爷曾和我说过，谁扎的稻草人好，稻草人就能

赶走更多贪嘴的鸟儿。谁用心去打扮稻草人,稻草人还会远远和你打招呼呢。每次,爷爷看到稻草人后都会眯着笑眼,这时我也会看到稻草人挥舞袖子朝爷爷呼喊。

爷爷说,稻草人不吃不喝却忠实地守护着稻田,比有些人强啊!每次爷爷经过稻草人身边,都会很耐心地帮稻草人整理被风吹凌乱的草帽和衣衫,有几次,我竟然看见爷爷和稻草人在窃窃耳语。

有一次,爷爷对村里一向慵懒的土根一阵大骂,骂的原因竟然是土根扎的稻草人松松垮垮的,没有一点人样。骂得土根莫名其妙。土根回嘴说,稻草人不就是个吓吓鸟的傀儡,还讲究个屁。爷爷愤怒了,跑到土根田里拔出稻草人就往家里走,土根是爷爷的侄子,一脸无奈地看着爷爷蹒跚离开。

第二天,人们发现土根家田里的稻草人比土根的婆娘都漂亮。土根二话没说,提起家里的一坛陈年米酒来到爷爷屋里。

爷爷离开我们也有十来年了,每次回到家乡看到田里的稻草人都会想起我那可爱的爷爷。如今,身处都市,很少见到富有灵性的稻草人了。

前些天,我和儿子到城郊散步,看到城郊有人竟然用些破损的塑料模特来赶鸟兽。可鸟儿一点都不惊惧这些缺胳膊短腿的模特。塑料模特的确很像人,可模特它毕竟只有人的型却没有人的魂,没有魂的模特怎能威慑到鸟兽?

稻草人的根基是泥土,乡土是稻草人灵魂皈依的所在。我想,稻草人永远只能生活在充满泥土味的广袤乡间。

脚印里洼着几只蝌蚪

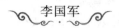

李国军

阵雨来时一点预兆也没有。

夏天急骤的降雨对身为孩子的我来说永远是一场匆促的遭遇战。战争总以我的彻底失败而告终。每次冒雨跑回家，我都成了落汤鸡，而我并不以为失败。怕什么呢，来一场淋漓的大雨正好洗个痛快澡。光着身子在阶沿上跑上几个来回，原先湿透的衣服多半就干了。我可明白着，夏天的雨看起来凶巴巴的，又是打雷又是闪电的，却像山猴子样没有耐心，狠狠地追过一刷子，见野地里没了人影，也就垂头丧气地溜走了。

大雨一走，不又是我们小孩子的天下！

那天下午，大雨来时我正在塘埂上放牛，一个闪雷在头顶炸响，一片墨云就遮住了天空，还没反应过来，豆大的雨点已经凶狠地砸在头上。

大雨挟裹着大雨汹涌而来，老水牛却一点儿也不急，不管我怎么拉纤绳，它还是慢吞吞地踱着方步，不时地，惬意地打两个响鼻，甩我一身的水。

牛是庄稼地的功臣，可不能怠慢了。我就是胆大包天，也不敢扔了缰绳自己跑，只能随着老水牛的性子慢慢往家中走。人家老水牛根本就没把这垮天的大雨当成一回事。它一边走，一边不时对着大雨长哞几声，低下头还不时啃几口田埂边的青草，大雨洗净了灰尘，吃起来更可口嘿。

又一个闪雷在头顶炸响，大雨好像给老水牛的悠闲惹得恼怒了，分外疯狂起来。四周只有很响的雨声，打在荷叶上，像擂着千百面鼓。野地里什么也看不见，我抹了一把雨水，眼睛还是睁不开。

刚才出坡时田埂上一块干硬的土坷垃撞得我脚趾精疼，这会儿，路上却早变成了汪汪的泥塘，一脚踩下去，黄泥淹没了脚背。我深一脚浅一脚在大雨里牵着走着，后边是依旧对大雨无动于衷的老水牛。

等我终于把老水牛拴进圈里，头上已经擂了四次鼓。我脱下衣服走到屋檐下，大雨还没有停下的意思。院子里四周淌着泛黄的水流，连掉在地上的桉树叶子也给这平地洪水卷走了。

又为明天节约了一次扫地的时间呢。我拧着淌水的衣服高兴地想。

第二日又是个大晴天，大雨洗过的天空更加明澈，鸟儿的叫声比往日更加清脆悦耳，空气中发散着洁净的幽香。早饭过后，我哼着儿歌上坡打猪草，路过昨天的田埂时，惊奇地看见田埂中央洼着的脚印积水里游着几只小蝌蚪。我高兴地叫着，俯下身数了数，一共三只，旁边老水牛深深的蹄印里还有四只。青蛙妈妈也太粗心了，肯定把这脚印当成了小池塘。它不晓得，太阳一出来，脚印里的水就会给晒干呢。

我在路边摘了一枚桑树叶子，撮成一个圈，小心地舀些清水盛着，把七只小蝌蚪轻轻放进去，双手捧着桑树叶，将它们放进了几十米外的池塘里。

桑树叶子慢慢在池塘里散开，小蝌蚪们摆着尾巴游走了，只一瞬，水面上没有了它们的踪影。

我哼着儿歌继续往坡上走去，蝌蚪就像我们这些淘气的孩子，长成青蛙后，是庄稼人的好朋友嘿。

父亲的季节

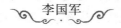

李国军

　　春闲的时候，父亲一大早就牵了老水牛到塘埂上啃青。

　　阳光金灿灿的、匀匀净净地泻在父亲和老牛身上。父亲和老牛就在这金色织成的喜悦里慢吞吞地走向塘埂。父亲不急。老牛也不急，跟在父亲身后，不时对着澄碧的春天吼上两嗓子。浑厚的叫声里有一头老牛对春天的由衷喜悦，对生活的全部热情。

　　路途中，偶尔，父亲会专注于路旁的一些庄稼，忘了身后的老牛。老牛等不及了，就会用头轻轻拱拱父亲的后腰，哈一鼻子热气。父亲回过神来，转身爱抚地摸摸牛头牛角，像爱抚自己心爱的儿女。在父亲心里，老牛、猪娃、黄狗、鸡鸭、庄稼和农具，都是他的孩子。父亲用一生的慈爱呵护着它们。老牛勤勤恳恳为父亲犁了一辈子田，怀着感激，父亲更多匀一些牵挂给老牛。他总是叫我们割最青最嫩的草回家。父亲小心地剔掉干草杂枝，一把一把递到老牛嘴边，一边看老牛不慌不忙地吃草，一边轻抚牛背，那慈爱的目光与看我们时一样温情。

　　老牛任劳任怨，辛苦了一生。它与父亲的关系更像是兄弟、朋友，一年一年的劳动中，老牛总把最重最累的活揽在自己身上。在与土地漫长的较量中，老牛耗尽了精力、生命。现在，它已犁不动田了。父亲悉心地照料着它，照料着与他度过了生命中最辉煌时光的伙计。有阳光的早晨，父亲总会牵了老牛上坡，让辛勤了一辈子的伙计亲亲土地，亲亲田禾的芳香，亲亲阳光和水。

　　到了塘埂上，父亲放开绳子，听任老牛在一坡青草中徜徉。父亲自己蹲在一块石板上，卷上一锅叶子烟，吧嗒吧嗒地抽。不时有鸣唱着的鸟儿飞过父亲的头顶，飞向远方的青山。酣眠了一冬的昆虫也活跃了起来，放肆地四

处乱蹿,有一些还歇息在父亲花白的头发上。塘埂上,山坡上,原野里,到处一片葱茏。

更多的时候,父亲会沉在自己的默想里,把一生的活计进行核计和盘点。老牛慢慢的低头啃草,走到父亲身旁时,它会抬起头,冲父亲哞两声,算是打了招呼。就又低下头,一直吃到塘埂那边去了。

雨来了,就舍不得走,疏疏密密地抖落在房顶上、田野里、池塘中、院坝里,一眼望出去,像筛下了无数的银丝,一会儿直直的,一会儿又斜斜的了。风一吹,就乱了,像罩着一层白烟。青青的树,绿绿的草,疯长的庄稼,在雨里静默着。

父亲无法到坡上去莳弄他心爱的烟草,还有红苕,神色有几分焦急。我们这些孩子再不用去打猪草割牛草了,满心的喜悦,在阶沿上跑来跑去地追逐嬉闹。父亲被我们逗乐了,微笑着看我们打跳,熟练地卷一锅叶子烟点上,立到阶沿拐角处,抬起头,仔细地端详雨蒙蒙的天,像一个痴心汉凝视他心爱的女人。然后,父亲猛抽一口烟斗,浓浓的烟就随着雨雾上升到瓦楞上边去了。

我们还在嬉戏,相互追逐着,不时跳进院坝里,淋一头的雨。父亲走进了柴屋,抱出一捆干稻草来。坐在堂屋门口,搓草绳。

就着稻草的清香,父亲的双手来回地搓动,稻草就在父亲均匀的搓揉中高兴得发颤。父亲不停地分叉,上草,绳子就在父亲的背后弯弯曲曲的蜿蜒着喜悦。父亲无动于衷我们在他身前身后的雀跃。等我们跳累了,父亲的活计还没有停止。

吃午饭的时候,父亲搓完了那捆稻草,备好了今年打烟叶的绳子。等啥时雨一住,烟长旺了,就可以打烟晾烟。

鸡刚刚叫过两遍,天才麻麻亮,父亲就扛起锄头,上了坡。

凉爽的风,薄薄的雾马上就吻遍了父亲全身。父亲迈着几十年一贯的步伐,不疾不徐地走向劳动的麦田。父亲一点儿也不急,他知道农活在那儿静静地等着他。想起那些青葱葱的麦苗,父亲的心里漾起一阵阵的骄傲,像想起他争气的儿子一样。父亲悉心地照料着他的庄稼。哪一块地瘦,哪一片土地硬,哪一块禾苗该浇水施肥了,一件件,都清清楚楚印在父亲的心坎上。父亲不清楚自己的额上有多少条皱纹,但父亲闭着眼也能弄清自己的田地。就这样,父亲用一生的虔诚和慈爱呵护着这一茬茬的庄稼。庄稼也理解父亲的关爱,年年季季回报父亲一个个丰硕的收获。

父亲一边走一边想心事,丝毫没觉察露水吻湿了鞋和裤管。走到田边时,天已经亮开了。一个青碧碧的好天。东边的天空羞出了一抹绯红,映着五彩的云霞。

父亲哈了口气,握起锄头,仔细地给麦苗松土,除杂草。父亲干得那么专心。薄雾轻轻悄悄地笼罩着父亲,还在他花白的头发上留下了无数细小的晶莹。

临收工的时候,太阳已经出来了,脸涨得通红。父亲在田角蹲了下来。有两丛麦苗被谁不小心踩倒了。嫩嫩的麦苗委屈地倒伏在脚印里,有几片叶子已经烂了。

我去喊他吃早饭,父亲还蹲在麦田里,小心地扶起倒伏的麦苗,轻轻掸掉叶片上的粘泥。

早饭后,听见父亲对母亲说:可惜了,多好的麦!

寒冬里,下了一场大雪。

雪是在人们的睡梦中悄悄降临的,村子里没有一个人知道。一夜之间,纷纷扬扬地雪花就把村子里的一切都盖了个严严实实。

一大早,有几个人就起了床,推开门看见一片雪白,一声惊叫过后,村子里又恢复了平静。人们又蜷进了床上。这突如其来的大雪,使本就无事可做的人们,更有理由留恋热被窝。就是平日里早起的细娃子,也被母亲强迫按在铺里,两只眼睛不安分地盯着屋顶雪亮的明瓦。

父亲在这时出了门,戴着棉帽,双手笼在袖子里。雪,还在纷纷扬扬的下。父亲在积雪里响亮地踏出一串脚印。飘扬的雪花马上扑入脚印里,化为一颗颗珍珠。有些雪还调皮地粘在父亲的帽子上、胡子里。父亲一边走,一边伸出舌头,迎着飞卷来的雪花,冰凉的,一直沁到了心里。父亲呵呵地乐了,脸上漾着笑。

走到麦田边,父亲弯下腰,伸出手,轻轻插进雪地里,抽出来,仔细地端详。雪厚着呢!给麦苗盖了厚厚一层被。不怕霜打风吹了。冬眠的虫子会给冻死的。开了春,没有虫害,麦子一定丰收呢!父亲满意地想。

父亲回家时,村子里人大都起了床。大人们缩着脖子笼着手立在门口,看一群细娃子在雪地里打雪仗,欢快的笑声,簌簌地惊落了树上的雪花。

父亲背回了秋天里遗忘在坡上的一捆玉米秸。

　　放在阶沿上，父亲摘下帽子抖雪，一边对讶然站着的母亲说：雪化后，就烂掉了，背回来，可以煮几早上猪食呢！

春天别来

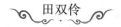 田双伶

清晨,一推开门,满眼的绿扑得黄苏苏差点儿喘不过气来。对面的山坡,仿佛大自然用巨笔画成的一幅意境深邃气韵流畅的壮丽画卷。画卷上,一蓬蓬的茶树从那绿中涌出来,绿得简直铺张,袅袅的雾气又从茶树中蒸腾出来,在绿意间浮动,忽而浓郁忽而淡然,忽而缥缈忽而真实……

太美了!黄苏苏几乎是扑到了那片绿色中。她顾不得露水弄湿了白色的衣裙,伸展双臂,在那一片绿意中起舞,翩跹……忽而,一道刺眼的亮光闪过。她顺眼望去——不远处,一蓬蓬的茶树间,一位男子端着相机朝这边拍照。

她茫然地朝那边摆摆手,那位男子放下相机,也朝她挥了挥手。两人绕过一垅垅迷宫般的茶树,走近了。

男子问她,也是来旅游的?

你是不是觉得,来这里的人都是旅游的?黄苏苏面色有些不悦。

男子被她猝然的不悦弄得尴尬,用相机朝远处的青山"咔嚓咔嚓"拍了几张,说,简直是仙境啊。这地方不好找的,你怎么来到这里的?

她答非所问地说了一句,寻找春天啊。

男子长出了口气,说,要不我们去那山坡上寻找春天吧?

他们顺着茶垅走到了茶山高处。此时,山上的雾气正渐渐消散,依稀看到山坳间零落的房舍人家。男子指着远处说,村子北面有个盘塘池,池里是从山上流下的泉水。昨天我在住的老乡家里,吃他们用泉水煮的饭,用泉水泡的茶……

黄苏苏欣喜地说:我们去找那泉水好吗?

他们探险一样绕过一垅垅茶树,又翻过几座山坡,来到一个用鹅卵石砌

成的凹池前。很小，一米见方，一股不知从哪儿涌出的泉水顺畅地流进池子。池水清澈见底，上面浮着一个葫芦瓢。

他弯下腰，用水瓢舀了水，黄苏苏接过来就喝了一口，呵，真甜。

你怎么对人一点也不戒备？男子笑了，又问，对了，你是从什么地方来的？

黄苏苏随口就说出了自己生活的那个城市。没想到男子惊讶起来：这么巧？你不会也坐的是 K655 次吧？你——一个人来的？

刹那间，黄苏苏的泪水从眼眶里奔涌而出。从离开家门就一直忍着，此时，再也克制不住了。她是在试好婚纱的那一瞬间，忽然想逃离。家人朋友都还在为她和潘宁的婚礼忙碌着。她和潘宁两家是世交，双方父母对彼此都倍加呵护疼爱。到了谈婚论嫁的年纪，他们就水到渠成地订了婚，然后就是即将要办的婚礼，就像她生活的那个北方小城，春天和夏天，没有一个衔接和过渡。她一个人茫然地来到杭州，在出站口，迎面看到一幅巨型的茶叶广告牌，她告诉自己：找一片茶园，在春天里采一次雨前春茶。

看着黄苏苏突兀的眼泪，男子呆住了，端着瓢的手僵着不知该如何是好。许久才说，走吧，我们去尝尝春天的茶好吗？

他们在茶山上走着聊着，回到村子时已近中午，都有些乏累，在一户农家简单吃了饭，各自回住处休息，并约好下午去看炒茶。

夜晚，月光洒在茶山坳里的农家小院里，女主人端了两杯茶过来，一人递上一杯，说，这是新炒的雨前茶，你们在外面喝不到的。

透亮的玻璃杯在月光下显得晶莹剔透，黄苏苏低下头去喝茶，杯口袅袅的茶香熏着她的眉心和脸颊，心里霎时温热起来。她"啊——"地叹了一声：真是好茶。

你是怎么找到这个地方的？她问。

我的一个朋友在翰墨街开了家茶馆，我经常去那里喝茶，听他说起这个村子和茶园……说着，男子把目光移向远处，怅然若失。

第二天，男子领她去了龙坞横山六松林畔的妙静寺，在横山草堂，看了漱雪桥、绿香亭、竹浪居，再看身边笑容明媚的男子，黄苏苏恍如梦中。

第三天，他们去茶园采茶。采茶看似简单，真的去采却显得笨拙，不是掐断了叶芽，就是连着大叶揪下来。两个人采了半天，才装了半茶篓。

三天了，黄苏苏心里的不安一点点鼓胀起来。该回去了，家人都要急死了。

除了带的满包新茶，黄苏苏还想再喝一口泉水。他们来到了盘塘池边，都不说话，呆呆地立着。

我们许个愿吧。黄苏苏说。

明年春天，我们还一起来这里，寻找春天吧。男子说。

许愿是不能说出来的。黄苏苏嗔怪道。

男子舀了一瓢水，递给黄苏苏，眼睛定定地望着她。黄苏苏在他的凝视下喝了一口泉水。她把瓢递给男子。就在交接的一刹那，她感觉如同婚礼上新郎新娘互换戒指一般的神圣。

男子接过水瓢，定定地看了她一眼，咕咚咕咚把水喝了下去。

满山的茶园在眼前模糊起来，黄苏苏心里一阵酸楚。

回家之后，她又成了原来的她。家人以为那几天她去找她的小姐妹呢，嗔怪了几句，又沉浸到婚礼的忙乱和欢喜中。

喧闹喜庆的婚礼上，亲友啧啧赞叹着，都夸新娘子美丽，新郎俊朗，他们青梅竹马，是多么般配的一对儿。黄苏苏却仿佛置身梦境一般。

深夜，听到耳边潘宁匀微的鼾声，她恍惚起来。她起身坐在蒲垫上，藤编的南瓜灯暖暖地亮着。她取出一片片茶叶放进杯子里，冲上沸水，看它在水中一点点舒展开，春天的茶园，漫坡的茶树，邂逅的那个男子，清冽甘甜的泉水，池边默默的许愿，一一浮现在眼前。婚后生活的安稳和平淡，让黄苏苏没有一点活泛的心思了。她常常想，日子就这样吧，就这样吧。

黄苏苏蛰伏于安然的日子里，一个个节气，在不经意间就过去了。谷雨过后，她去了茶城，找新上市的春茶。在翰墨街口，赫然看到一块黑底金字的匾额：春来茶馆。迎门悬着一幅图片，她被那一片绿意吸引住了，梦游般走了进去，细看：漫坡一蓬蓬绿意盎然的茶树，而那片绿意中，一位白衣女子在起舞翩跹——那，不是自己吗？

图片下面，标注着一行小字：寻找春天。夏春阳摄于杭州某茶园。

黄苏苏望了一眼那个名字，缓步走出茶馆。转过街角，她暗暗埋怨那个叫夏春阳的男子：许愿是不能说出来的呀，一说出来，就不灵了。

最清新的自然美文·赴一场心静如菊的盛宴

暖 香

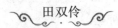

田双伶

　　她裹紧了厚厚的羊绒披肩，走在清寒的月光下。

　　初冬的夜晚，屋里渐生寒意。每次拖着疲惫的身子回到家，都感到凄清无比，侵骨的冷传到十指尖，生疼。她忽然想起那只霉绿斑斓的铜香炉。

　　炉凉，茉莉盘香放进去就熄了。她愣愣地定了会神，裹了厚披肩出门，去寻一些干树枝烧炭，来温那只冰冷的香炉。

　　她是一个老派的女子，喜欢玉，丝绸，喜欢做菜，煮茶，看电影，喜欢读《红楼梦》，还喜欢《浮生六记》里的芸娘。即使整日忙着许多事情，一个人的日子，总归是莫名的冷清。那只香炉，是朋友送的，说炉里若熏上香，能温暖她那颗古而幽的心灵。朋友总是对着她家里满架的瓷瓶儿古罐，戏谑地说：生错朝代了呢。怕是遇不到像你这样心有古意的人了。

　　那又怎么了？她想，这样的日子，静而雅，挺好。

　　月光下仔细地寻，也没看到干树枝的影子。走到拐角的一个院子前，看到一个人站在栅栏旁，用一根细木棍儿拨拉面前铁桶里的炭火，若有所思。看到炭火，她心里一喜，走了过去。

　　那人仿佛被惊了神，抬头看她。她忙歉意地说，我想找些炭火，用来温香炉。您烧这炭火是……

　　他"哦"了一声，前几天刮大风，吹落这么多的干树枝，把它拾了烧毁，省得日后引火。说着他用木棍拨了拨桶内的炭，让炭火的红露出来，他的脸也被炭火熏出微黄的暖意，然后说，你若熏香炉要用香木，这是寻常枝木，用这个炭温炉，会熏得满屋黑烟，古人用的熏香都是沉香檀香一类的片香，选上好的香灰存在熏炉里，用的时候把香屑、香片埋在香灰里面，用银叶点熏……看来应是一位熟谙香道的人。她静静听着，听得入迷。

他身上穿着家居服，说话语气温和，透着居家男子的闲散随意。他说，香炉不仅要有炭来温，还要有香来养。茶城里有家店专门卖香片的，有时间你可以去看看。

她心里喜着，顺着他的话说几句略懂一点的香道。正聊着，男人突然说，你的声音很耳熟啊。

她一时无声。是的，这个城市里有许多人熟悉她的声音。她在电台主持夜间谈话节目《月亮河》，和听众聊一些心灵话题，参与节目互动的人向她诉说心中的忧愁与哀伤。她不知道，这个城市究竟有多少忧愁无眠的人，那么多孤独的、忧愁的、受伤的心，需要着、依靠着别人的温暖。她用声音温暖着那一颗颗心灵，却不过是别人的炉火，自己仍是凉的。

上弦中月，月光清亮，他们相隔两三步的距离，能看清彼此的脸，她甚至看清那一双浓眉间，隐隐透出来的忧郁。在这样的月光下，和一位陌生男子碎碎地说着话，她蓦然觉得恍惚苍凉起来。而此刻，这桶里的炭火，不是在正温温地，暖着他们么？

她说，和你聊，真是长见识了。

末了，他们含笑道别。

空着手回到屋里，她忽然有些诧异，最近一个月来都没有刮大风，他哪儿拾来的树枝？

那天下了节目，已是子夜时分。走到电台门口，保安交给她一个纸包，说是一位听众送的。她打开看，是一包沉香片。

她把香片燃着放进香炉里，袅袅的香气里，月光下那位男子温善的脸庞，与一丝丝的暖意无声浮起。

第二天她起了早，走到拐角的时候刚好看到那男子出门，神情却是拒人千里的漠然，丝毫没有了月光下的温和谦恭。他打开车门坐进去，发动了车。她停住脚，避让着，那辆车从她身边行过，她能感觉到引擎轻微的颤动和车轮碾地的沙沙声，望着它渐行渐远。

她独自去了茶城，寻到他说的那家佛事香店。一进门就看到墙上一幅宣纸发黄的卷轴，上书：怜君亦是无端物，贪作馨香忘却身。她沉思着，不解其意。

店主人正在喝茶，听说是来买香木的，起身说，您先闻香看看。说完在木案上起上一炉香，从旁边的锦盒里取出一些物件来，香匙、香夹、香渣碟……又从盒中取出一段香木，用刀小心地在木块上割取了几片，放进一具闻

香炉内。顷刻,品香炉里只有香气散出而看不见一丝烟雾。闻过香后,她挑了几片沉香片。店主人边包香木边说,懂得品香的人不多的,来买的呀就那么几个人。忽然她想问起那个人,却还是无声离开。

她把沉香片放进炉里,点燃了。淡淡的香气从香炉里漫出来。眼前浮现出一位男子在月光下,微蹙双眉,对着一桶炭火若有所思的样子。她想起了一部电影里的台词:"以前的人,心中如果有什么秘密,他们会跑到山上,找一棵树,在树上挖一个洞,然后把秘密全说进去,再用泥巴把洞封上,那秘密就会永远留在那棵树里,没有人会知道。"

也许每个人心里都有着难以言说的秘密?也许,月光下的那桶炭火,面前燃着香片的香炉,也会像树洞一样藏起人心底的秘密?

她用手拢着香炉,感受那些微的暖意,任那幽幽的香气,氤氲着。

爱的旅程

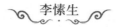

李愫生

　　它是一片树叶，城市公园湖边，倚湖的一棵树上的一片嫩叶。从苏醒，它就在这里了。朦朦胧胧，记忆中，它是在遥远的有瀑布的高山上，梦里都可以听见迸溅的水花的嬉笑声，可以闻见山脚下传来丝丝桃、李花的暗香，风轻盈地催眠。那是春天，浓郁的气息，让它昏睡。

　　可是，它醒来，它就在这里了。公园很大，湖水很绿；亭台楼阁，人来人往。一切都是令它那么惊奇。它很幸运，长在树的最高处，可以看见公园以外，更远的远处。密匝的楼群，蚂蚁一样的行人，夜晚来临时绚丽的灯光，灿如烟花，可是它还是觉得没有山野里遍地乱开的草花好看。其他叶子，都笑它的痴和傻。

　　城市公园里的春天，也是蛮好看的，虽然少了一些自然的清新。看着千疮百孔、形态各异的花草，像是孔雀开屏的公主，他们说是艺术。后来，它才知道，湖水那么绿，是人工水里加了海藻。很多恋人、夫妻坐在它的脚下，喁喁情话。也有老人和孩子，经过它身边时，会注视它一眼。尽管只是一眼，它也感觉了幸福。

　　它喜欢那个坐在它脚下读书的小女孩，喜欢那对手挽手走路的老夫妻，喜欢那个扶起跌倒孩子的斯文青年，喜欢那个夜晚偷偷亲了老婆一口的中年丈夫，仿佛亲在了它羞绿的脸颊。

　　它还没有从春光里醒过来，它就长成了一片绿油油的叶子，夏天来了。

　　它还来不及准备，第一场狂风暴雨，让它惊吓得失眠，心悸了很久。它好怀念春天啊，和风细雨，润物细无声。那么暖，那么香，那么静，像是怀念它的初恋。

　　夏天的公园，游人更多在傍晚和夜间。很多游船活动、广场晚会让它眼

花缭乱。不经意间，它也进入了镜头，仿佛那热闹就是它的，就是它引起的。它逐渐喜欢上那些挂在它身上的灯串，仿佛它们也是它的。彩色的灯，映衬得它是那么绚丽。经历过几次大的风雨后，它发现，那些雷雨也没什么。只是，雷声大了一些，雨点大了一些。和春天的雨，比起来，是更强烈的爱。尽管也会受挫，但它喜欢那种飘在云端的激烈。

夏天的燥热和狂欢，持续了很久很久，让它一度觉得，这才是生活。

秋，来得是那样无声无息。先是，风里透着一点点凉意，它肥厚的裙边一点点变黄。不知哪天开始，游人逐渐少了起来，公园的工作人员也把它身上的灯串取了去。所有的繁华，仿佛一场梦境，在秋天的苍凉里越来越远。

看着其他叶子，逐渐衰黄，再坠落。候鸟飞向南方，整齐地排成一字。它的心，越来越孤单。现在只有那对春天手挽手走路、注视过它的老夫妻，经常经过这里。经过时，还是慈祥地注视它一眼。天气渐冷，那些青年男女都不再来了。偶尔，那个坐在它脚下读书的小女孩，来时会冲它一笑。小女孩的笑容，让它想起春天，山野里的花香。

在一个秋雨的夜，它安静地落了下去。也曾甜美，也曾繁华，也曾彷徨，也曾失落。原先，它一直看着高处和远处；在它落下时，它看到了粗糙的厚实的树根。它的叶尖留下一滴剔透的眼泪。生命就是轮回和沉淀，它甜蜜地睡着在树根处的泥土上。

被雪覆盖。

小女孩的声音在它梦里响起："妈妈，明年它是不是还会长出新的树叶，更绿更好看？"

它微笑了，生命于它就是一场爱的旅程，得到爱，积淀爱，明白爱，再重新发芽。

我喜秋天

梁星钧

秋天在我眼里惬意,也最意味深长。

四季里我最喜秋。春是冬的醒来,如瞌睡人睁开眼,一切都是混沌初开,复苏伊始;夏似烈焰高照,给人勃发向上,但也酷热难当;冬似垂暮老人,行将就木,萧疏荒败;唯秋让人流连忘返,意味悠长。

秋景令我迷醉。眼里的秋景,是一片敦厚的成熟。也跟人到中年有关,这时总喜欢讲协调,一个中年之"秋"的人,和秋景总相宜。秋天里我到处都可去,也可不去,景韵已全然入我心了。我心里装着,意里念着,行里踩着,眼里见着,感念着,储存着,思维里流动着,这种稳厚沉实的秋景,是端然屹立而不倒的。

秋色令我神往。秋水之澄碧,秋雾之苍茫,秋叶之红艳,秋地之明净,秋天之净练,这都构成了苍茫大地的调色板。手持画笔的节候大师,端庄凝重,豪迈壮阔,一身凛然,两袖清风,三声壮气,四笔乃成。

我有一个习惯,最美的想看不忍看,舍不得看,怕醉。我怕醉酒,易失人本心,丢了自己的感觉。我还有一习惯,赏美却不贪美,不想直入坏了美景,而是一点一滴去鉴赏,让美丝丝入扣,细雨润无声般沁人心脾。赏秋我是这样。赏美我也是这样。秋风秋雨秋水秋气秋色秋声秋韵秋人我最喜甚?当数之中并未列举的秋枫叶,即红叶。红叶令我醉,我可以一个人去独享。也可邀上自己的女友,我们去醉红叶。为何称"醉"?阳光正好,秋声正静,秋色正浓,印着女友优美曲线的形体,还有盈盈的热情。我们纵谈天下大事,感应红叶气息弥漫。我们这时成什么了?是两片准字号的红叶人了。

这景致,美不美,醉不醉,神不神往?

女友和我说过,约过。我们每年至少那么忘我地醉一回。

秋声令我静谧。从本质讲，我是喜安静的。这样才不致乱。这样我方沉而有升。一个人是要讲究点进退术的。节候仍如此。秋冬我认为是在退，而春夏为进击。秋天到了，秋声变得雅静，被寒凉吞噬了。人的声音，鸟的声音，大地的声音在寒凉里散漫不开来。这些声音也似张不开嘴巴，传播通道受阻。成为秋天明显的标志。当烦躁的夏音过去，当热烈的轰隆隆消退，静雅的秋来了。山明水秀来了。人的心赶紧应和着。人是地球上的普通生物，侥幸以智慧和合力险胜而雄踞为统治者，但人脱不开自然本身节律的嬗变，故适应显得更重要。人在寂静的秋天里，正可以拣获自己播下的硕果，布种开春的希望；也可以更沉静，彻彻底底地冷下来，除尘扫灰，检点自身，给自己一个安妥的保健。别小看这个"静"，它意味着能量的积累和储存，只要这个累好，突显和爆发就为时不远了。

我喜秋声。它反衬和平静了我外表的闹，让我有了平衡的台阶，有了栖息的傍依，有了奋发的驿站。秋声包围着我的左右，伴我思想有了沉练之后的浮升和喷射。这些都是平衡的反应。

秋韵令我歌唱。秋天的韵味是什么？在每个人的眼里，嘴里，心里。我一直在寻找，体味并感受之。准确说我瞠目结舌，一种吐不出的歉疚味。我不知怎么去表述，表述我对秋韵的感觉。我干脆这么说，秋高而气爽，我的心也爽，秋风秋雨惹人醉，我的心也醉，秋水共长天一色，我的心也印染了……我的心是极适应秋的。但我不被动。我会好好抓住秋，让自己的灵智和体力散发出光热，去温暖大地人间。虽我的智力是小小的，但我的不竭精力或启印一片片，一阵阵，秋风也应人心，轻轻一个吹拂，吹红了天边和大地，吹暖了静静的人心。

秋韵里我肯定不含糊。虽无法居于绝对优势，让秋的光芒在我身上四射，但至少可以比其他季做得更好些。我眼里不会放过这样的季节，这样的好景韵。我也必将不会太浪费它，成为匆匆的不留任何脚印的过客。

秋天在自然的节候里，不紧不慢地运行着。在人的意识里，按我们的感知并存着。在我们的眼里，呈现出异彩纷呈的形态。我爱秋天，我喜秋天，我的笔墨多愿驻留在秋天里。

仁者和智者

徐常愉

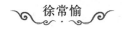

山立于水边，水汪于山脚。

仁者和智者相约来此游玩。

近山，仁者曰，此山虽裸，但厚重稳健，绵延几十里足见其胸怀之博大。

近水，智者曰，此水虽滞，但恬静安然，水清而不见底足显其思想之深邃。

仁者和智者在山脚分别，仁者游山，智者赏水。

仁者游至半山，不小心一脚踏落一块石头，石头滚滚而下，扑通一声落入山下湖中，湖面激起一人多高的浪花。智者惊得脸色大变，连连后退。仁者见状，仰天大笑，笑问，水之恬静安然何在？智者怒目圆睁，无言以对。

日中，骄阳炙烤难耐，仁者下山歇息，至湖边，撩起水来洗脸纳凉。智者在一边亦仰天大笑。仁者不解，问笑为何故？智者指着水中山之倒影曰，此山厚重稳健何在？仁者低头一看，倒映在水中之山影因自己触动水面，而犹如风中之画纸一般，柔柔弱弱，飘摇不止。仁者面露愧色，无言以对。

少顷，仁者问智者，可有兴致游山？智者反问，可有兴致赏水？

二人遂互取其乐。

智者登山，一路索然无味，至山巅，低头望去，大为震惊。只见山下湖水如明镜一面，镜面晶莹剔透，湖边水草似碧玉镶嵌之镜框，更添几分富贵雍容。本是泱泱大湖，此时却显得小巧可爱，若得握于手中把玩，定然趣味无穷。

仁者静观水面，良久无获，正欲作罢，忽见水中山影别有趣味。此时，湖面已静，山之轮廓尽现于湖面，清晰明快，突显山之刚直伟岸。山中怪石经水面映衬，更显姿态万千，让人浮想联翩。

日落，智者依依不舍下山，边走边赏山下之水，仍然赞叹不已。至湖边，但见仁者仍陶醉于水中山影，意犹未尽。

　　二人盘坐论道，却一时无言。

　　二人惭，跪求圣人。

　　圣人将山水握于手中，对二人曰，各取所求。

　　仁者上前捧起水，智者上前托起山。

　　二人对视，恍然大悟。此时，山成了孤山，水成了死水。

　　二人跪拜圣人，自责对圣人之言断章取义。

　　圣人笑道，"仁者乐山，智者乐水"，而这仁与智正如这山和水。圣人言罢，拂袖而去。

　　仁者和智者久跪不起。

蝉

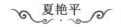夏艳平

端午人未进屋，刺耳的蝉鸣就在屋里打起了转转。

蝉让自己的鸣叫声，抢在端午之前跑进了屋。

蝉的企图很明显，它的鸣叫声就是冲着一个目标去的。

看到端午欢快地往家里跑，蝉就亮起嗓子叫。蝉让叫声一圈一圈地在屋子里绕。蝉在急切地寻找一个目标，当发现坐在堂屋的母亲时，它的叫声就单刀直入，一下扎进了母亲的耳朵里。

午休的母亲，坐在一张小圆椅上打着瞌睡，上半身像一个巨大的钟摆，左右摇摆着。

母亲整天忙碌着，等忙碌的母亲忙完该忙的，午休时间就不多了，母亲只能坐在一张小圆椅上，像钟摆一样摇摆几下。

实际上，母亲就是一个巨大的钟摆，一天到晚不停地摇摆着。有了母亲的摇摆，家才安稳。

母亲的上半身再一次快要摇出轨道时，她感到耳朵像被麦芒刺了一下。母亲一个激灵，钟摆就停了。

不再摇摆的母亲，听到了满屋的蝉鸣，接着，又看到了跨进门槛的端午。

端午黑红的小脸上，淌着一条条粗壮的黑汗，蚯蚓一样蠕动着。母亲起身上前，一把扯过端午，骂。母亲说，你个小孽畜，又去捉蝉了？我跟你说过多少次，蝉也是个性命，叫你不要去捉，你硬是不听。

母亲抬起一只手，想为端午擦一把脸上的汗，没想到画出了一幅画。母亲的手像一支神奇的画笔，只一划拉，端午的脸上就多了一幅画。

画是大写意，有山有水，煞是好看。母亲看到自己亲手绘制的写意画，笑弯了腰。笑得喘不过气的母亲，顺手在端午的屁股上拍了一巴掌，骂道，

真是一个脏猴儿,把我的手都弄脏了。端午使劲眨巴着眼睛,还真的有几分猴子的模样。

蝉知道此时不能沉默,一个劲地在端午的手心里挣扎着,弄得端午的手心痒痒的。端午不由加了劲,原先半握的拳头又往里紧了几分,这样,蝉的挣扎就变得徒劳无益了。

但蝉不会放弃,仍不停地挣扎着,蝉鸣再次响起。再次响起的蝉鸣悠长而哀怨,像在哭诉。端午忍着手心的痒,把手握得更严实了。母亲看着端午握着的手,说,你听,蝉在向我求救哩,你放了它吧。

端午竖起一对小耳朵听,听了一会,又疑惑地看着母亲,说,我怎么没听到?端午说着,把握着的手藏到了身后,身子也慢慢向后退去。母亲的目光跟舞台上的追光灯一样,紧紧追着端午的身子,亦步亦趋。

母亲说,它是说给我听的,你当然听不到。还是放了它吧,我去打盆水来帮你把身上洗一洗,看你满身脏得像个什么样子。

端午的头和身子也不停地摇动起来,端午把自己摇成了一个钟摆。

母亲才不管端午的态度,说着就去厨房打水。母亲很快就端着一盆清凉的水出来。母亲放下水盆,端午发现,母亲的笑脸漾在清凉的水盆里,就像一朵盛开的莲花,很好看。

端午看得有些发怔,母亲对发怔的端午说,洗干净了,我就带你去地里摘西瓜,地里的西瓜肯定熟透了,咬一口,看不把你甜死。

端午的身子不摇也不摆了,眼睛里闪着亮亮的光。端午亮亮地看了看母亲,咽着口水问,真的?你说的是真的?

端午垂涎那个西瓜很久了,母亲一直不让他摘。

母亲笑着点了点头。

端午看着母亲,犹豫了片刻,然后跑到门口,慢慢松开了掌心。掌心里的蝉欣喜地抖了抖翅膀,像一支响箭,鸣叫着向天空射去。

蝉飞走的一刹那,端午感到脸上一阵清凉——蝉尿了端午一脸。端午没有擦,他仰起小脸蛋,两道清亮的目光伴着那道美丽的弧线,直上蓝天。

白莲花向半天开

夏艳平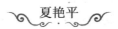

感谢朋友相约，使我有机会拜游五祖寺，也使一颗被尘世的污泥浊水侵蚀的心，得到了一次佛光的洗濯。

说实话，我并不是一个爱赶热闹的人，但那天朋友相约，我还是很爽快地答应了。

启程时，老天爷像要考验我们是否诚心，一直下着雨。我们几个人聚集在县城叶老师家，看着天低云暗，听着雨声哗哗，知道这雨一时半会儿是不会停歇的。

平心而论，这是一场好雨！被雪压过被冰冻过的万物，早就渴盼着一场春雨的滋润。但凡事总会有两面，这场润泽万物的春雨，对旅人却是一个羁绊。好在我们都有向佛之心，慈悲之怀，只要万物得到及时的润泽，情愿淋湿自己的衣衫。

车在雨中行，雨在窗外下。想不到这场春雨给我们的出游，增添了别样的情趣。

车到五祖寺时，雨还在不停地下着，烟雨中的五祖寺，像一幅浓淡相宜的水墨画，挂在东山的半山腰上。看着这幅浓淡相宜的水墨画，我真的有一种隔世离空之感，禁不住怀疑，眼前的景物是否属于我们这个俗世？莫不是我不小心闯进了咸亨年间的唐朝？或者误入了仙界？

我们下车后，年轻的主事僧亲自出来接待，并为我们安排了住处。我们去住宿地时，路过一个大殿，正巧赶上寺里的僧人在做功课。这对于我们是一个新鲜，因此，大家忍不住驻足观看。而殿外发生的事，却没有让那些僧人半点分心，我们这些看稀奇的游人，在他们的眼里，仿佛一棵棵长在殿外被风吹动的树，是他们早已看惯的风景。看到僧人们那种全神贯注的样子，

083

我明白了，这香烟缭绕、金碧辉煌之圣地，应该属于他们，他们才是这里的主人，而我们不过是一群匆匆的过客。

五祖寺，位于黄梅县城东北二十五里的东山，大别山主脉东端南沿，九江对岸，又名东山寺，唐咸亨年间（公元670－674年）由禅宗五祖大满禅师弘忍所建，既是五祖弘忍的道场，也是六祖慧能得法受衣钵之圣地。

五祖寺不愧是天下祖庭，且不说恢宏的庙宇，壮观的亭台，就是这里的一草一木，一尘一土，也充满了哲思禅意，让人不敢轻视。

我最喜欢山门前路旁的那棵青檀（俗称油朴树）。这棵盘根错节、枝干苍劲、阴翳蔽日的古树，有如一位历尽沧桑的长者。站在它的浓荫下，我有如回到了我那慈祥的老祖父的怀抱中，有种说不出的亲切和暖意。我想，它沐浴着唐朝的阳光雨露，承受了宋朝的风霜雨雪，在这里等候了一千余年，莫非就是为了等我？

据《湖北通志》和旧《黄梅县志》记载，清咸丰八年（1858年）三月的某夜半，这棵千年古树发出人声，使人觉得像有人在呻吟。1958年8月3日晚21时左右，它又发出很响的呼噜声，像一个老人在打呼噜，呼噜声长约4分钟。

对此，许多人不以为然，说这是讹传，是迷信。而我却相信这是真的，或者说，我宁愿相信这是真的。

万物皆有灵。这棵生长了千余年、又聆听过五祖弘忍大师以及历朝历代那么多大德高僧的讲经说法，吸纳了千余年人间香火，不成精也该成为一位智者。因此，它呻吟几下，打打呼噜，完全是一种正常。我相信它还能告诉人们更多的秘密，不过，这需要我们用心去聆听，更需要缘分。

寺庙的夜真静，睡在干净的禅房里，让人有一种隔世离空、超凡脱俗之感。一向失眠的我，竟明静如初生之婴儿，睡得又香又甜，一整夜连梦都没做一个！难怪六祖慧能能有"菩提本无树，明镜亦非台，本来无一物，何处惹尘埃"这样的顿悟。

觉睡得好，人就精神，游兴就更足。第二天，雨停风住，空气清新，是一个难得的好天气。我们吃罢早饭，阳光透过竹木照过来，到处是七彩的光。我们随导游一起，沐浴着七彩祥光，将寺庙里该看的地方都看了个遍。感谢那位女导游，她将深奥的佛理禅机，附托在一些传说和典故上，使我们听得清楚明白，对佛教，对五祖寺也有了更深的认识和了解。

随后，大家又兴致勃勃地去登通天路。看来，飞虹桥上那"放下着"的警语作用不大，倒是那边的"莫错过"让大家记得牢固。这些凡夫俗子们，谁愿意错过"通天"的机会？好在这与佛理并不相悖,佛不就是要让众生上天堂吗!

上至讲经台,大家都有些气喘吁吁了,只得坐下来歇息。坐在这青石铺就的讲经台上,我遥想着当年弘忍大师在此讲经说法时的情景。此时,山风阵阵,莫非弘忍大师在给我们讲经说法?

登上讲经台,离白莲池就不远了。白莲池位于东山最高处的白莲峰上,相传是弘忍大师当年亲手栽植白莲的遗迹。东山白莲是黄梅十景之一。历代文人墨客游五祖寺,必登白莲峰诗赞白莲。裴度、苏轼、欧阳修、张维屏等大诗人都在此留有诗篇。明清以后,莲池荒废。1976 年,修建白莲峰电视差转台时,工人在莲池里取土,挖出了七颗古莲籽,后将其复投入池内,没想到,第二年居然芙蓉满池。这真是"生来有种情难断,白莲花向半天开"!

也许我们来得早了点,白莲池里还没有长出荷叶,更没见那洁白的莲花。其实,人的善心就像这千年的莲籽,随时都可能开出洁白的莲花来。

顷刻间,我的眼前一片碧绿,在这片碧绿中,洁白的莲花灿然开放。

干娘树

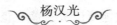

杨汉光

　　我小时候多病，母亲迷信，就请算命先生给我算一算。算命先生说我命里缺木，需要认一个木命的女人或者一棵大树做干娘。我家门前就有一棵大树，认做干娘再方便不过了。

　　母亲挑了个吉利的日子，带我到大树下，将写有我的名字和生辰八字的红纸贴在树干上，就算是把我托给大树做儿子了。母亲让我烧香磕头，请干娘保佑我一生平平安安，无病无灾。

　　自从认了大树做干娘后，我的病真的越来越少。那时不知道这是随着身体发育，抵抗力不断增强的缘故，还以为是大树在保佑我。

　　村里还有十几个孩子学我的样，也来认这棵大树做干娘。每当过年的时候，我们这些树儿树女们一字儿排开，给干娘烧香拜年。

　　干娘一身都是宝，浓浓的树荫给人送来阴凉，树皮是治疗腹泻的良药。树上则是孩子们的天堂，干娘年年结出黄豆大的果实，满树都是，又香又脆，我们亲切地叫它"炒豆"。

　　有一次，我爬到高高的树顶摘炒豆，不小心掉下来。如果摔到地上必死无疑，幸好掉到一半时，一丛浓密的枝叶奇迹般地托住我的身体，让我有惊无险地从鬼门关重返人间。母亲感叹说："是干娘救了你一命啊！"我们特意杀了一只鸡来拜谢干娘，可惜干娘不会吃。

　　在干娘的庇护下，我平平安安地成长。没想到，干娘的厄运却来了。我小学毕业那年暑假，一帮城里人来到村里，竟然要将我家门前这棵大树挖走。我赶紧把树儿树女们叫来，十几个人手拉手把大树围住，不让城里人动我们的干娘。还有人搬来了村主任，请他把城里人赶走。

　　让我失望的是，村主任竟站在城里人一边，他说把这棵树移植到城里去,让更多人欣赏,那是我们的福气,别人有树想移植,人家城里人还不要呢。

我大声问:"这是我们的干娘啊,把她挖走,以后过年我们到哪去拜干娘?"

村主任笑了:"你们可以到城里去拜。如果你们的干娘有知,不用挖,她自己就高高兴兴跑进城了。你们想想咱村里的人,如果有机会到城里去享福,哪个不是做梦都偷笑?"

听村主任这么一说,我们的人墙就瓦解了。失去保护的干娘,只能听从城里人宰割。城里人整整忙了一天,才把大树挖起来,用大卡车运走。他们留下一个大坑和一堆树枝树叶,听说要砍掉一些枝叶,大树才能种活,可我总觉得这些枝叶是干娘的头发和手臂,剪掉头发还可以,连手臂也砍断,这不是太残忍了吗?

第二天,我邀几个兄弟到城里去看干娘。我们的干娘已经被运到公园里,种在最显眼的地方,一进门口就看见了。这个公园是新建的,从乡下移来很多大树,干娘是其中最大的一棵。城里人不但给干娘浇水,还将一张黑色的大网盖在她的头上,给她遮挡火热的阳光。看见城里人这么爱护大树,我们就放心了。

暑假结束后,我到城里读初中。一办完入学手续,我就跑到公园去看干娘。公园已经有人把守,必须买两块钱的票才能进去。

我又见到了我的干娘,她的头上已经没有黑网,树叶几乎掉光了,烈日烤着枯枝,树根的泥土已经晒得干裂。我问守门人,为什么不给这棵大树盖遮阳网,守门人说:"它死了。"

我再问为什么不给大树浇水,守门人不耐烦了:"树都死了,还浇什么水?"

我的心都碎了:"不,她没有死,树皮还没有干,她一定能活下来。"

我要给干娘浇水,可身边并没有水,只有一个水龙头在大门外面。我跑到大门外,从地上捡起一只塑料袋就去龙头接水。当我提着一袋水要进门时,守门人却拦住我,要我买门票。我说我是为公园的树浇水的,为什么还要买门票。守门人说,他不管我干什么,只知道进一次门就要买一次票。没办法,我只好再买一张门票。

我就这样来来回回提水浇树,每进一次门就买一张票。买到第六张票时,我身上没钱了。我把水袋递给守门人,请他把水倒到树根去。可任我怎

么哀求,守门人都无动于衷,直到我流下眼泪,他才很不情愿地接过水袋,随随便便地将水泼向树根。守门人连塑料袋都没有还给我,更别指望他再帮我给干娘浇水。

我必须请人来救我的干娘,我在城里一个熟人也没有,只好跑回村里搬救兵。乡亲们却说,不就是一棵树吗,死就死吧。连那些曾经在大树下烧过香的人,也不肯跟我进城,他们准备另外认一棵大树做干娘。父亲更是大发雷霆,说我再敢离开学校乱跑,就要打断我的腿。

我不得不回到学校上课,任由干娘在烈日下煎熬。好不容易等到休息日,我从学校里出来,直奔公园。可是,公园里已经不见了干娘的身影,另一棵新种的树取代了她的位置。我问那棵大树到哪去了,守门人说,被一家砖厂运走了。

那家砖厂在城外不远,我以最快的速度赶到那里,想再看一眼干娘。这是一家小砖厂,全厂只有一座土窑,土窑旁边堆着很多木头,木堆上却并不见我的干娘。我问砖厂的人,从公园运回那棵大树放在哪里,一个烧窑工说:"正在窑里烧着呢。"

我的干娘在窑里燃烧,再也看不见了。窑顶上冒出一股黑烟,那是干娘苦难的灵魂,随风飘回故乡。

秋天的院子

曲 辰

院子再大，到了秋天，都显得局促了。是那些金黄的玉米粒挤占了空间。这时就看出平房的好，虽说夏天屋里热点，可到了秋收时节，房顶平添了不少晾晒作物的场地。若是赶上好年景，秋作物还得实行轮换制，晾晒干透的粮食入了仓，才能让其他的摊开来。天气是不等人的，许多人家不想让时间的战线拉得过长，便在空间的战线想办法，将玉米移到马路上，风吹日晒。

秋日的天空真的是一面镜子，即便我远离故乡，也可以从中读出院子的表情：天高云淡，院子里的地上满是粮食；乌云密布，地上又空空如也了⋯⋯

"沙、沙、沙——"

秋夜的院子里，传来这种声音——是谁踏"雪"来访？"雪"自然不是真的雪，而是晾晒在院子里的玉米。由于时令未到霜降，这两日天气又好，到了晚上，家人并未将玉米拢合遮盖，也省得第二天再摊开了。于是，玉米们不仅受到阳光的亲吻，也接受着月光的抚摸。想想看，一地拥挤的玉米粒，在这个秋夜，会有着怎样的心事？

又是一个丰年。喜悦不仅仅属于忙了一季的农民，你看，连鸡鸭鹅也大呼小叫个不停。不过，倒是要委屈它们几天，得把它们圈养起来，免得它们失了教养，污了粮食。当然，新收的玉米少不了它们的，撒上两把，权当奖赏和安慰吧。几只麻雀从树上俯冲下来，蹦蹦跳跳，衔了玉米而去。不久，它们又呼朋唤友，再次降临。家人要是瞧见了，喊上两声，看麻雀飞起，又落地，也不再管。甚至老鼠，也可以不那么明目张胆地出来，分享农民的收成，为冬天储点食物。

这个秋天，大地上的每一种生灵有福了。

一个围合的院子，里面种上树木，便是一个"困"字。然而，或许是无聊而酸腐的文人才会如此联想，家乡的人却并不在意这一点，房前屋后，冠盖成荫。比较常见的，是榆树杨树槐树之类。我家院子里还有一丛竹子，是老爸从北邦竹园移来的。有了竹子，少不了会引来蛇，我们唤作长虫的爬行动物。童年的我，总对它是惊惧的，而父兄们要动手时，又总被爷爷和老妈劝止，说那是去世的奶奶，化作一条蛇回来看咱们的。我眼看着父兄们将蛇引出院子，脑海里翻腾出奶奶的音容笑貌，却怎么也无法将她与一条蠕动的蛇等同视之。

惊惧是暂时的，秋天的院子，更多的是快乐游动。葡萄由青而紫，大枣青里透红，石榴也咧嘴开笑，关键是，原来那高不可攀的树枝，如今因为这些果实，纷纷探下身来，引诱着我们流口水。葡萄的成熟速度太慢，许多酸涩的也被我们当成了"进口货"。枣树上有刺，我们用竹竿敲打枣树，捡着吃着。待到深秋，枣叶落尽，依然有不少枣挂在高枝，于是大人出面，将其敲打下来，晒干，留到过年，做枣花馍用。石榴，可真没有什么吃头，籽大而又多。如今想来，家人在院子里种石榴树，不过是看中了它的寓意（多子）吧？

想想也是，如果没有孩子，院里树上的那些果实，也仅仅是普通的食物而已，那和从市场上买来的有什么区别呢？远没到中秋，老妈就打来电话，问我们何时回家，又对我的儿子马骁说：奶奶给你留了石榴，等你回来吃！

阅读故乡

曲 辰

故乡无疑是一部大书，那些流传甚久的言语便是一条条索引。

我的故乡在豫西北的博爱县，古为怀庆府属地。这里的民间语言是鲜活的，就说对时间的表述，"清起儿""晌午""微黑儿""黑来儿"，是不是要比"早晨""中午""傍晚""晚上"更有生活气息？"涂帽儿"和"（铅笔上的）橡皮"哪个更形象有趣？还有农民对自己生存状态的刻画，"修理地球"是戏谑，"给土坷垃挡阴凉"是自嘲，相比之下，"面朝黄土背朝天"太俗，"用锄头在大地上书写诗行"又太酸了。

高中时，我狂热地爱上了文学，课外图书课内看，业余爱好专业写，为此荒废了学习。那时的写作，近乎无病呻吟，本来自我感觉良好，放假回家，却被家人的俏皮话给打得落花流水。"价钱说好，秤上给够""蒸馍蘸尿，各有所好""杀鸡杀屁股，一人一杀法"等话说出口，只有初中学历的二哥立马形象高大起来。我不由得有了兴趣，专门买来一个笔记本，捕捉稍纵即逝的口头语，并试图用文字将其固定下来。然而，收集整理的过程中，我不时感觉文字的苍白无力，不少言语无法转化为方块字，即使勉为其难地找到一个词汇，原来的灵气却没了。

更可惜的是，即便记录下凝结数代人经验与教训的话语，当年的我未必理解这些话，即便理解也未必依之行事。就像儿时非要往水坑里跳，全然不顾大人善意地说教，总是在走了许多弯路，碰得头破血流之后，才领悟到这些话的真谛。或许，这就是成长的代价吧。"活儿，活儿，都是活的"，是说应势而变，不可死板；"要想公道，打打颠倒"，讲求换位思考，处事方有分寸；"没事儿不惹事儿，有事儿不怕事儿"，此言一出，八成是有事儿临头，唯需稳住阵脚，不推不逃，直面正视，勇于担当——你或许看出来了，它们的共同点

是给你另一个思路，而顺之前行，往往是宽广的天地。

民间言语，原作者多不可考，但我总会记住第一个对自己说这话的人，甚至当时的场景也历历在目。"迷信迷信，你迷它就信，不迷它就不信"，爸爸拆解"迷信"，让当年的我耳目一新。他是一名乡村医生，也是我儿时的偶像，对了，他的座右铭是"为民除病当为己任，处事求其于心无愧"。"扫地扫旮旯儿，洗脸洗鼻洼儿"出自妈妈之口，说的是行事要认真，追求细节完美。这话不难理解，难的是执行；话里的事也不难做到，难的是一以贯之，并推而广之。如今，每每心生敷衍之时，她的话总是及时在耳边响起，让我不敢怠慢。

让我受益最多的，还是爷爷的话。爷爷在村里做了一辈子会计，几十年下来，练就一只好毛笔，也养成了有条理的生活习惯：家里常联系的电话号码，他用毛笔抄于硬纸板上，置于电话边；每次要去赶集前，他必记下要买的东西，随身带着，以便参照；很长一段时间，他为我们家设立了一个账本，记录家庭的收支情况……爷爷说："好记性不如赖笔头。"童年的我，在年前蒸馍煮肉炸丸子时，负责烧火。这活儿说简单也不简单，起初，我往灶里塞满柴火，弄得黑烟乱窜，灶里没火，自己心里尽是火。爷爷见状，上前抽出部分柴火，一番整理，火苗蹦出，越来越旺。爷爷说，"人心要实，火心要虚"，空气进不去，火怎么出得来？"家有一老，如有一宝"，信然。

要说农民深爱所从事的行业，我表示怀疑，从教育后代的言语里，我听出了无奈，他们无力改变自己的命运，都想让子女走出农村这片天地。自然，那些言语不空不虚，乡土味十足，亲切实用。比如"不好好学习，将来赔等着给土坷垃挡阴凉了"。来自农村的学生，大都有烈日下劳作的经历，其中滋味自不必言，再听此言，只应暗生上进之心，至于后来的效果，另当别论。我小的时候，农业机械化已是大势所趋，许多机器已介入生产，受其影响，家长训诫的话也与时俱进："不好好学习，将来赔等着跟拖拉机拾大粪吧！"那时犁地拉车都用牲口，但跟着牲口拾大粪肯定不是什么好差事，和要饭有得一拼，可将来犁地拉车都用不着牲口了，你这个"拾大粪的"跟着拖拉机，它又不会拉大粪，你还有出路吗？拿机器说理的，还有"不懂机器胡膏油，机器翻了砸你头"，"膏"在这里念四声，是动词"抹"之意，这话是告诫孩子不要不懂装懂，而要努力学习，否则将来后悔都来不及。

当然，广为流传的是"小孩儿家哪有腰"。看到我发布的故乡言语，各地读友对这句话分外亲切。有人读出了年龄歧视，认为这也是一种童年阴影；

有人贡献了自己领教的版本，"八十三岁才长腰芽儿，你一个小屁孩儿，哪儿来的腰"；有人补充了这句话，"小孩子家没有腰，那叫'中间'"，也是从一位农民那里听来的，意为小孩子没有长好腰部肌肉，没有力量，在他们看来，腰是出力的部位；有人提供了相关的话语，"细儿无腰，壮士无脖"，小孩子腰身上下一般粗细，因此显不出腰来，而壮士魁梧，脖子和头颅差不多粗细，因此显不出脖子来；有人分享了当地老人的解释，"腰"与"夭"同音，不吉利，所以不让小孩说这个字。诸种说法让我大开眼界，不过在自己的成长语境里，大人说这句话，往往是挖苦孩子想偷懒，因为随后还有这么一句："不好好学习，将来得成天这么干！"

"心里有，眼里就有"，我们的眼睛耳朵乃至心灵，似乎都有一个开关，在未开启之前，我们熟视无睹充耳不闻麻木不仁，而开启之后，生活顿然丰富多彩起来：没有孩子时，你几乎看不到孩子，等到有了孩子，你发现满大街都是孩子，书店里尽是育儿的书，而过来人关于孩子的营养和培育的议论，也不再是无聊的闲话，反而成了难得的忠告。经由生育孩子，我得以见识故乡的婚育谚语与习俗，读后感叹不已。

故乡的婚俗十分可爱，比如往新被子里塞些砖头瓦块和花生大枣，寓意含蓄，盼望着新人"早生贵子"，而"砖头是小儿，瓦块是妞儿"，和"弄璋""弄瓦"比较，更具乡土气。婚后，我与爱人小牛相约过两年再要孩子。家人不以为然，每次见面，或者通电话，都苦口婆心地劝我俩放弃"计划"，说是"有苗不愁长"，趁着老胳膊老腿还能动弹，可以给我们照看孩子，不会耽误我们工作的。这话听得多了，每次回家我都近乡情更怯，平时也疏于和家人联系。某日，岳母帮我们拆洗结婚时的被子，发现里面有两个棉絮做成的小人儿，一男一女，由红色棉线系结。我再次体会到家人的良苦用心，胸中如一块海绵吸饱了水，沉甸甸的。

在小牛将生而未生儿子时，家人说"婆婆瞧，孩儿掉"，要不请亲家母来吧。我们那儿将外婆唤作"婆婆"（将普通话语境里的"婆婆"单唤一个"婆"字），说是孩子没见外婆来看望便不肯出来。真神了。怕是孩子的妈不习惯婆家的环境，盼着亲妈来，心里提着劲？后来，儿子是在爸爸工作的卫生院出生的，顺生，七斤二两。在过去医疗技术不发达的乡村，生孩子是个风险极高的事儿。在这儿，妇女付出的更多，操持家务之外，还要忙地里的活计，即便生产在望，仍然耕作不辍，如果感觉肚疼，再急忙往家里赶，免得有什么意外。那时都是在家里摆阵，请接生婆用土办法接生的，顺产者当然不少，可因此弄得母子难保的也屈指难数。"人生人,吓死人",此言并不夸张。类似的,还有一句歇后语,"生孩子不叫生孩子——叫下人(吓人)"。

相比"有苗不愁长"的无为洒脱,"三冬三夏,才叫娃娃"才道出了生活的真实一面,其中甘苦,非丁克族所能体会。故乡还有一句话,"孩儿笑,头发掉",意思是孩子会笑时,孩子的妈就该掉头发了,二者并列出现,却是因果关系。家人训导说,有了孩子,晚上就不要做客访友,免得在外面带回来乌七八糟的东西,惹得孩子啼哭不止;如果非要出访,也要在进院前跺跺脚或撒泡尿,将那东西吓走。我可以确定这是迷信之举,不过想想孩子的妈在家带孩子的辛苦,咱还是别出门玩了。

时隔多年,远离故乡的我,经由言语的索引,渐渐读懂了故乡。

故乡的蛇莓

金 波

　　每年春季,草莓上市的日子,抵挡不住那鲜红的诱惑,总是挑些草莓拎回家,冲洗之后,一饱口福。那营养丰富的"水果皇后",甜则甜矣,酸则酸矣,品尝过后,味儿总逃脱不了"平淡"二字。与此同时,一个不起眼的草莓品种——蛇莓,又不免挂在嘴上,道一声:何时再吃一回故乡的蛇莓呢? 心里骤然平添几许怀念和期待。

　　豫南山乡的淮河岸边,是生我养我的故乡。那里雨水充沛,土地润泽。春风一吹,山高了,水肥了,土地也绿了;百花争艳,百草泛青,平展的大河岸边,草林里,长出一片片香菜般的植物,叶片中间,一粒粒、一团团,闪烁着鲜红的亮光。啊,那就是蛇莓,欢呼一声,一群赤脚孩子奔去,小心摘下来,捧在手上,细细品味,脸上洋溢着醉人的甜蜜。其中那位爱流涕的男孩便是我!

　　蛇莓,个儿小,像山里红。但清甜,清甜里裹着淡酸,口感甚妙,似乎略胜草莓一筹。它沐浴着大自然的雨露,汲取土地的奶汁,呼吸着人世间自由的清风——承天然酿造,受地灵培育,不愧是真正的绿色果品,是土地恩赐给我们的无价奖赏! 据科普资料记载:它除了具有草莓特有的维生素、矿物质、氨基酸外,还有抗癌消肿、益于健康的作用。

　　可是,就是这样一种植物,曾经蒙受过一回不白之冤哩。孩童时,我们并不知道蛇莓能吃,只是觉得新奇、好玩。有一年春天,一位使坏的大人招呼我们孩子,吓唬说:"千万别动蛇莓,那是蛇的粮食,动了它,蛇就会来咬你们。要不咋叫'蛇莓'?"毒蛇,曾经咬过我们的小伙伴,孩子们最恨它了。于是我们信以为真,为了报复蛇,我们孩子商量好,由岁数最大的二丑带队,每人手拿一支竹竿,溜进蛇莓地,先侦察四周动静,确信附近没有毒蛇了,便一

声令下,竹竿齐发,将蛇莓扫倒一大片,然后就跑腿。从此,我们恨蛇及莓,见蛇莓就捣毁它,好让毒蛇饿死。

可令人难以置信的是,曾带领我们捣毁蛇莓的二丑,自己竟第一个偷偷吃起蛇莓来,被我无意中发现了。二丑央求我说:千万别告诉别的小朋友!我以朋友的义气发誓不告诉小朋友,却告诉了妈妈,妈妈闻言,叹口气:"二丑家兄弟姐妹多,是缺粮户,二丑的饭量又大,顿顿吃半饱哩。"从妈妈的脸上,我似乎读到了生活的沉重。那一年,二丑十四岁,我七岁。

当我们得知蛇莓也能人吃的时候,就再也不与蛇莓为敌,也开始学二丑吃蛇莓了。谁知一吃,竟吃上了瘾。后来,蛇莓不仅成了孩子们饭后的"消遣",不仅是土地母亲赐予我们的"零食",而且还成了帮助我们孩子度春荒的粮食替代物了,吃一肚子蛇莓,也能管半天哩。

听故乡来的人说,当年带头吃蛇莓的二丑,如今是当地赫赫有名的专业户,自己办了一个罐头果脯厂,加工山里的土特产,也加工蛇莓罐头。没想到,小小的不起眼的蛇莓,还能给更多的人带来口福!

唉,再道一声:何时再尝一尝故乡的蛇莓呢?

茶能让心如莲绽放

汪敏凤

　　自从和茶结下缘后,闲暇之时我就会隔三差五的去茶室里与朋友们共剪菩提时光。

　　一日,朋友又电话相约在茶室里喝茶,这次一共去了四男四女,八个人晚茶有约,心情愉悦。茶主人依然还是那么的飘逸诱人,温文娴雅。因为是常客了,我们也不客气、很自然的谈笑风生,在茶桌旁围坐下来。

　　人在一天的疲倦繁花落尽之时,总喜欢给自己找一个心灵皈依之处,我们几个人今天都把自己的心归属到了这里。红塔区残联对面的"茶悦养心"茶庄满屋茶卷荡漾开来,熏染了八个朋友,让每个人都与茶融为一体,茶香温暖着我们。刚开始时,气氛还有点活跃,一会儿,女主人便请大家不要高声喧语,把心放松,安放当下,静静地进入品茶的意境之中。于是,我们八个人都很听她的话,安静地坐在那里,看着她不急不缓的泡茶。

　　小女人闲熟地泡了一道茶,倒进了我们每个人的品茗杯里,让每一个人细咽慢品,她泡的茶很柔、很温润,杯里散发出比进茶室时闻到的那个香还要厚重,是沉醇的香,是厚重的香,这种香在唇齿间久久停留,不离不弃,慢慢咽下沁人心脾……我三口品完之后说:这是古树普洱茶。他们个个都笑了,笑我学会品茶了,而且还知道是什么茶。我开心地笑了,相信了千年古茶有余香的说法了,于是,心里开出了一片乐土。

　　这次品茶和与往不同,气氛有点凝重,有点庄严。因为不许讲话,只用心去体悟,所以每个人都平心静气地进入了状态,很认真地用心去感悟。有了小女人的开篇卷首,同去的女友也挡不住朋友们的热情,也上去泡茶给我们品,当然也希望大家能品一品她泡的茶是什么样的味。这是一个现代时尚潮流中还保留着古典的小女子,还没泡茶,她那淡蓝清雅的衣着,缓缓讲

话的语速、使用茶具的姿势,便让我们有了一种旖旎风光的视觉享受。水烧涨了,她凝神贯注很优雅地把水盛进茶杯里,一举手一投足,很闲雅,恍如是经过培训后的茶艺师,但她又不是,却能把人们带到一个外忘世界,内忘屋檐的境界里,仿佛这世界与她无关,这里的一切也与她无关。还没喝她泡的茶,我们心里就已经知道她的茶绝对是上上品的味了。虽然大家没说,但我能感觉到每个人的心都是这样想的。

这是一次难得品到的、上档次的禅茶。可以说,一生中再难遇到;因为我知道,一切都要因缘具足。世人也许会说,想喝就能喝到,想做就能做到。可我深知,这样的机缘不是那么容易碰到的。我们每天都可以去喝茶,但遇到的人却不一定都是今天的这几个人,或许遇到了,但因心境不同,磁场不同,气氛也不同,虽然茶是一样的茶,水也是一样的水,但茶的香气和味道肯定会不同。

这个沉静谦和的小女子是用一颗清澈无尘的心去为大家泡的;是用一颗出离的心泡的。经她的手,茶的厚重韵味底蕴渐渐在茶水中浮了上来。因为她泡茶泡出了茶之品、茶之韵、茶之性,我们都沉浸在禅茶里,感觉不是茶让我们醉了,而是这个小女子也如一枚千年的古茶,全身沾染了禅的灵性,让在场的每一个人都陶醉了,淡定在这个品茶的盛宴之中。喝禅茶,让我们从容地享受了那古树茶水无波的心境,让我们穿越了一次心灵的洗礼,穿越了一次时间与空间的飞跃,让我们多年以后还会有余想,我们就这样在茶做成的时光里进入禅境,了悟这世态如微尘飞扬,心能入禅止静,则诸毒无以流动。

这是怎样的一个时光啊!我们八个人都把自己托付给了茶的世界,心也变得清尘了。每一次喝茶都有不同的收获,每一次品茶都有清净依止的感悟,喝茶也能让心如莲绽放。

赴一场心静如菊的盛宴

汪敏凤

　　世界是千姿百态的,世相有万千种风情。有人喜欢旅游;有人喜欢垂钓;有人喜欢打牌;有人喜欢上网;有人喜欢醉在白云边,而我喜欢去寺院。

　　不知从什么时候起,我便喜欢起了寺院的清幽;喜欢看那大殿里的佛祖;喜欢听那寺院里的钟声;喜欢看那清香缭绕;喜欢看那出家众的庄严;更喜欢听那梵音呗曲。

　　我到过许多寺院,每个寺院都有一个相同的感觉,那些寺院都属清凉之地,给人安心,让人心静如水。在寺院,会让身处世俗的我忘了人间俗事,忘了红尘天涯。在寺院,听听出家师傅的开示,心中会豁然开朗,眼前一片光明。我们每个人都行走在这个世界中,因了昨天、因了今天而忙于生存,在纵横的阡陌荒凉处而努力打拼着,渐渐地迷失了心中的那株菩提。

　　或许,我们拥有的不过是些许的虚幻,却还沉迷在这些虚幻之中疲于受累,渴望能找到一处灵魂的栖息之地,置换一下星空,于是便有了跟寺院结缘的机会……

　　寺院清脆的钟声不管是近还是远,抑或是轻或重,它总能让人的心扉为之一震;似乎那钟声都是在为我而敲,为我而响;它仿佛在呼唤着我的回归,声声都在敲着我这个痴迷客。我痴迷这钟声,因为它荡气回肠,能消除我心灵的污垢,更多的是,那悠远的钟声,它能穿透我的灵魂,令我潸然泪下,让我不得不愿消三障诸烦恼。

　　人生有时犹如一株草,短如春梦;也如一道流星瞬间划过;更如一缕春风,会无声无息的游走。而时光像流寇依然一路打劫着我们,让我们就这样走在了轮回的路上,让各自的人生抖落了些许的尘埃……

　　每一次到寺院,听到那悦耳的钟声,都会是一场心灵的对话,了悟这世

间的无常。寺院的钟声，是人灵魂的救赎之音，是敲醒沉睡了千百年的摄魂之音；它可以扫除灵魂的阴霾，清除人心的污垢，震颤魂灵；那具有空灵的声音，让我在那一刻有了与神灵对话的机会，全身心地赶赴了一场心静如菊的盛宴，心在那一刻得到了畅快的沐浴。

寺院幽深静谧处，古来沉钟逸梵音。寺院的钟声回响在云端，那钟声渐行渐远，涤净人的心境，仿若灵魂的涅槃，生命的重生，光明由心而生，它在提醒着我，让自己坚定地行走在圣道上……

山顶的月亮

余显斌

他是一个弃儿,被师父收养。那年,他三岁,成了寺里一个小沙弥。师父敲木鱼,他敲师父头,声音和木鱼一般,"梆梆"地响。

笑声,也随之飞起,稚嫩如一枚草芽。

师父莞尔,从不责备。可是,幸福是昙花,盛开,在一刹那;凋谢,也是一刹那。五岁上,师父圆寂,死时,手在他小小光头上摸啊摸啊,摸出两滴泪,闭了眼。

这个世界上,从此,他孤身一人。

也有师兄,并不呵护他,把小小的他当了庙里差役,让他烧水;让他拿洗脚盆;让他上山拾柴,不拾,不能吃饭。

慢慢的,他知道,世界多的是丑恶,是狠毒,还有背叛。清露霜晨,雪天或雨里,小小的他总会在山间行走,背上,是一捆柴。

有时,他会来到师父塔前,悄悄哭一鼻子。也有时,他会望着天边的夕阳,默默地猜想自己的身世,还有狠心抛弃自己的爹娘。

痛苦,悲伤,如沉重的包袱,紧紧系在他背上,怎么扔也扔不掉。

一天,他又吃不上饭,因为,他没完成早课。

他悄悄走出寺庙,肚子"咕咕"地叫。他在山林中寻找,希望能找到一点果实。可是,是冬天,白雪遮盖了一切,包括山石、树木和鸟兽的脚印,更别说果实。

这时,他看见了她。

她和他一般大,一笑,小小的虎牙露出来,很美。她手里拿着两个馒头,亮亮的眼睛望着他,问:"小师父,你找什么?"

他抬起头,望着她的手,还有手里的馒头,吞了一口口水,说:"我肚子

饿,我找吃的。"

那时,他称自己为"我",还不会称"小僧"。

她伸出手,洁白的馒头递到他手上。他大口吃起来,呛住了,抓一把雪塞进嘴中。她见了,快活地大笑起来。

他也笑起来。

在雪地上,她挥动着胳膊,跑了。他站在那儿,望着她的背影慢慢消失在眼前,觉得很美很美。

他站在无限的美中,不想回去,一直到东边天空,一轮圆满的月亮升起,庙里的钟敲起来,才慢慢回到寺庙,回到现实中。

以后,他才知道,她家就在左近。

随着年龄渐大,他会看到她在田间走过的身影,还有洗衣时,手撩起的水珠,和清亮亮的笑声。

看到他望着自己,她会一笑,道:"小师父好。"

"阿弥陀佛,女施主,小僧有礼了。"他红了脸,慌忙双手合十。她用手指捂住嘴,可是,怎么也捂不住一串笑声,然后,转身,匆匆跑了。

他望着她的背影,一直望到东山顶上,升起一盘月亮。

在苦难与枯燥中,时间如水,他长成一个眉眼青葱的和尚。

那一日,他下山化缘,刚走到路口,一队锣鼓伴着一抬大轿,吹吹打打,走了过来。他闪在路边,轿子经过,轿帘被风掀起,她的脸儿,如满月一样一闪。

他呆住了,她,做了新娘子。

他感到天地之间,凝固如洪荒。

那是个乱世,土匪猖獗。那天,恰好一队土匪进村抢劫,闯了过来,抬轿的,还有新郎一哄而散,各逃性命。她从轿里摔出。他忙上前,扶起她。

土匪们没劫到东西,不过,劫到一个美女也不错。

他看到她被带走,也跟了上去。

她被带着,向远处走去。土匪们望着她,色迷迷的。当又一次歇息时,他走上前去,对土匪头子说,自己是个住持,聚了很多庙里的财宝,换了银票,藏在一个地方。

土匪们红了眼,围上来。

他一笑,指指她,道,这银票,只有自己和她知道,她是他相好的,可以让她去拿。

她不来咋办？土匪头子问。

贫僧在这儿做人质，她一定会来。他笑着说。

土匪们商量好，以黄昏为期，她不回来，就杀他。

他点头，让她走了。

黄昏慢慢到来，夕阳把天边烧得血红。可她没来，土匪们围住他，问为什么。

她不会回来了，因为，本来就没银票。他仍微笑着。

土匪们红了眼，指着旁边的那个大湖，让他自行跳进湖中淹死。他没说什么，站起来，整整袈裟，微笑着走向湖水。湖水接纳了他，淹没了他的脚，淹没了他的腰。

土匪道："花和尚，为个寡情女子，死也白死。"

他微笑道："七岁时，在一片罪恶中，她让我知道了什么是善。今天，贫僧能为善而死，死得其所。"说完，双手合十，慢慢走入湖中，湖面冒出一串水泡，恢复了宁静。

土匪们互相望望，走了。

东边的天空，一轮圆月升起，亮亮的，照着宁静的湖水。

远处，一个身影跑来，月光下，传来声声呼喊："小师父，我——我回来了——"声音飘过，摇曳一线，在白亮亮的月光下婉转。

金琴池

蔡呈书

　　我们村边有一条河,叫水神江;江里有一眼泉,叫水神泉。上个世纪八十年代,江水逐渐减少,一条清澈的河变成了臭水沟,泉眼也被淤泥堵塞。近年来,自然环境好转,河水逐渐丰盈起来,水利部门拨出了一笔专款,用勾机把大量淤泥勾走,水神江恢复了旧日的神采。

　　水神江那眼久塞的泉,经疏浚,竟然也汩汩滔滔涌出了清澈的泉水。泉的四周,砌起了石围,这里又成了妇女们漂洗的好地方。"竹喧归浣女"的美好诗意在水神江边重现了。

　　清晨,妇女们的嬉笑声、漂洗声就唤醒了这里的太阳。

　　这天,太阳醒来的时候,江边款款地走来了一位提着洗衣桶的年轻漂亮的女人。朝阳照耀着她袅娜的身段,镶成了金色的剪影,给水神江这乡村诗行添上了一个美丽的标点。

　　"哪里来的漂亮姑娘?"在泉里洗衣的妇女们惊住了。

　　"哦,她是阿扁昨天带回来的新媳妇。"阿扁的邻居柳花小声地告诉她们,"她叫金琴,是名牌大学的毕业生呢,听说是学什么工程设计的。"

　　"阿扁? 就是在城里当大老板的阿扁? 真是前世修得好福了,娶了个仙女!"女人们发出唏嘘声。

　　"这村里的路,这江上的桥,都是阿扁带头捐钱给修的,人家就是修行到家了,难怪发了财又走桃花运!"女人们七嘴八舌地议论着。

　　"嘘!"柳花示意她们不要出声,漂亮女人已经走近了泉边。"金琴,过来吧,我们给你腾个位置!"柳花用夹带土音的普通话招呼道。

　　"谢谢柳花姐。"是电视里说的那种普通话,声音美丽得像她姿容一样。

　　金琴就在柳花旁边蹲下,把衣服放到泉水里面漂了一下,旋即又捞起放在石围上。她的眉头皱了一皱，就停住了。妇女们就肆意地笑着这个话音和容貌都很漂亮的新媳妇，在城里用惯洗衣机了吧，到这里不会洗衣了！

第二天，金琴依然提着一桶衣服来到泉边，看到有妇女在洗衣，她就站在岸边不动。

"金琴，下来吧，这里还有个位置！"柳花就在泉底喊。

"柳花姐，你们先洗吧！我等一下。"依然是好听的普通话。

柳花洗好了衣服，提着桶上了岸："金琴，怎么不下去洗衣呀？来，我帮你洗，你看我怎么洗，一看就学会了。"

"谢谢柳花姐，我会洗的，我等一下吧。"金琴的声音依然是柔柔的，"柳花姐，你看，大家都在一个泉里洗，好像不太卫生……"

"哦，原来你是讲究这个啊，真不愧是城里人，就是不一样啊。"柳花笑了，"我叫她们让个上游位置给你吧，这样就卫生了。"

"不好的，我占了上游，我洗出的脏水也会沾到别人的衣服里去的……"金琴还是站在那里，一直等到妇女们都离开了，她才独自下到泉里洗衣服。

第三天，金琴来洗衣的时候，泉里空无一人。

当金琴洗完衣服，提着桶迈着悠悠的小步子走回村里的时候，一帮妇女才嘻嘻哈哈地从村里走出来。她们都学着金琴那柔柔的普通话向金琴问好。柳花头夜里串通了妇女们，她们达成了一致意见，要等到金琴洗衣回来后，她们再出去洗。

金琴知道了这一情况后，明眸里就含了些秋水。原打算住三天就回城的她，特地推迟了两天。不知道她从哪里弄来了个测量的仪器，叫柳花帮着树标杆，就从水神泉一直测到了村子里，画出了好几张叫柳花怎么也看不懂的图画。

不久，水神泉边，就炸开了一个消息：阿扁又掏出了一大笔钱，要在村里建个水塔，把水神泉里的水引回村里。

还有一项附带工程，就是在水神泉的旁边，建十个漂洗池，让泉水流进每个池里。妇女们来洗衣服，一个人占一个池，这就很卫生了。这是金琴的主意。开始，阿扁不想做，说把泉水引回村里，抽上水塔，一切问题都解决了，还建什么洗池！但金琴坚持要建，她说，妇女们都到泉边洗涤，聚在一起，多温馨，多富有乡村的诗意！同时又节约抽水的电费，又多低碳！

当水神江边桃红柳绿的时候，水塔工程完工了。跟着，水神泉边，十个洗池排成了美丽的琴键。清晨，妇女们有节奏的捣衣声就合成了美丽的乡

村交响曲。柳花她们抬头看着灿烂的朝阳，就给洗池起了个好听的名字，叫"金琴池"。

水神泉汩汩地流淌，合着金琴池美丽的琴声，把一江乡村的诗意，流向远方。

鸟 鸣

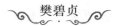

樊碧贞

　　清晨，院墙边那株老榕树上最是热闹。叽叽、啾啾、嘤嘤、呱呱……鸟儿们在枝间跳跃、追逐、歌唱。

　　七公在屋里就坐不住了。紧衣出门，径往树下。春天的老榕树焕发了无限生机，长得郁郁葱葱，遮住了半个院子。七公微闭双目，侧耳倾听，枝头好是热闹。这里突突，那里喳喳。七公感觉到了羽翅翔舞的声音，心里乐滋滋的，忍不住踱了方步，仰起头，一、二、三、四地数着，很快就被飞起的鸟儿打乱，又重新起头，一、二、三、四……一百零二，一百零三……七公越数心里就越高兴，抬手从枝上摘下一片碧绿的叶子，在手心里颠着，看了看叶子的正反面，点了点头，把叶子衔在唇上，春的声音便汩汩流泻出来……

　　突然，"噗"的一声闷响，树上的鸟齐扑扑地惊飞出去，声音变得尖利而怨艾。几片灰白的羽毛在空中飘浮，一只小鸟就像一块石头笔直地坠落！七公身形一动，稳稳地接住了快坠地的鸟。掌心中的鸟惊恐地望着七公，浑身战栗着，一支鸟翅软塌塌地吊着。七公的声音就高了八度：哪个王八蛋？给我滚出来。

　　话音刚落，门口探出一个小脑袋，又迅速地缩了回去。终于低了头，慢吞吞地走了出来，双手藏在背后，近了，一双乌溜溜的大眼睛怯怯地看七公一眼，又迅速躲开去。七公认出是村里的虎子，怒火渐消，却仍紧绷着脸，故意重重地咳了一声。

　　虎子年十岁，虽是少不更事的年龄，可对七公的事情却很是上心。打小起，虎子就知道七公能说会武。大人们说七公的故事就如同他家老榕树上的树叶那般多。人们对七公甚是恭敬。今儿个落在七公的手里，好似孙猴子站在如来佛的掌心。

七公，您千万别告诉我爹，要不我就得吃笋子炒肉了。虎子偷偷瞟了七公一眼，怯怯地央求。

来，先把背后的东西拿来我瞧瞧。这弹弓做得不错嘛！七公由衷地称许。

我用柳树做的。柳树轻，枝杈又多，最适合做弹弓叉了。刮掉树皮，露出白树干，用砂纸砂光滑，绑上黄色的、弹力足的橡胶管。用软牛皮做弹弓兜，彩色塑料绳做绑线，用起来好神气哟。说起弹弓，虎子神采飞扬。

为什么打鸟呀？虎子一愣，原来只顾着说弹弓，倒是忘了自己曾打伤一只鸟，是七公喜欢的鸟。只是不知道是第一百零二只还是第一百零八只？我……我……就想弄一只来喂，它叫起来真好听。虎子脸憋得发红，话也有些结巴起来。

嗯，鸟儿叫起来是好听。有了鸟声，这春天就热闹了，就有生气了。如果大伙儿都像你这样打鸟，稍有不慎，鸟非死即伤，春天是不是就少了一种声音呢？七公不容虎子争辩，继续说了下去，看你把这只鸟伤得多重，它要很久才会飞，才会唱了。虎子开始抽噎。不哭，不哭。七公牵起衣襟，轻轻地为虎子擦去脸颊上的泪珠。来来来，先闭上眼，七公让你听听鸟叫声。

四周很静。虎子能听到自己的呼吸声。突然，叽叽，一声清脆的鸟鸣传入耳鼓。紧接着，鸟声四起，盈盈入耳。虎子觉得周围全是鸟儿，它们正舞动着彩色的翅膀，唱着自由的歌儿，在春天的树上。鸟是树的花朵。多美呀！呵呵，满树的叶子怎么变成了满树的鸟！

七公唇上衔着一片叶子，笑呵呵地望着虎子。虎子咧着嘴不好意思地笑了，他看见鸟儿成群穿越晨曦，在蔚蓝的天空自由飞翔……

四年后，省文化宫里一场民间艺术汇演火爆异常。最后一个节目上场时，整场灯光突然暗了下去。骤然，一声纤纤的鸟鸣，犹似天外来音，惊醒春日。紧接着百鸟声起，人们仿佛身在山林，林中百鸟竞翔，鸟声鼎沸……最后鸟声渐隐，灯光渐起，春天的背景里，一位名叫虎子的少年，微笑着向观众致意。他的唇上含着一片绿叶。

石羊胡同

杨光洲

石羊胡同南北走向，正冲着由西向东流的卫河。出了胡同南口，就上了河堤上的小路。胡同与河堤交接处，卧着一只青石雕成的羊，胡同由此得名。

石羊与真羊大小相仿，只是略粗壮些。它跪卧在石头基座上，头微微昂起，注视着浩浩荡荡的卫河。石匠在雕刻石羊时显然用了大写意的手法。在按比例准确完成石羊外部轮廓后，石匠既没有去着意刻画卷曲的羊毛，也没有在犄角、眼睛上耽搁过多的功夫，而是把点睛之笔放在羊的额下、嘴上：羊脸下两侧的骨骼是整个羊身上少有的棱角分明的线条。这条流畅有力的曲线稍稍倾斜向上，托起了石羊的头颅。嘴巴也仅用一条浅浅的细线表示，点到为止，只是在两边嘴角各加了个浅浅的酒窝而已。正是这两条简洁的曲线，使得石羊在人的脑海里栩栩如生了：

它酣睡初醒，昂起脑袋欲起身迎接晨露朝阳？

它结束了一天的觅食嬉戏，刚"咩"的一声惬意咏叹，要披着夕阳绚丽的锦被进入梦乡？

抑或它还是个撒娇又懂事的孩子，在母羊腹下耍赖贪吃母乳而露出了得意的"坏"笑，却又不忘给母亲行"跪乳"之礼……

然而，石匠在完成传神之笔后又做出了出人意料之举：在石羊的正头顶上凿了一个一指节深的小圆坑，又以力劈千钧之刀，干净利落地将石羊横切为两半！

这里为什么会有只石羊？石羊头上为什么会有个小坑？石羊又为什么被劈成了两半？三十多年前，一个咿呀学语的小男孩坐在手推车里，不止一次地问妈妈……

"这只石羊本是天庭上修炼得道的神羊。它看中了卫河两岸的风水宝地,更为卫河两岸纯朴的民风所吸引,便下界到了卫河边。为了不招惹是非,它变作了一只石羊。说来也怪,自从有了这只石羊,旱涝不定的卫河变得温顺了。

"这只神羊下界时头戴一枝宝石花。这枝宝石花可以吸天地之精华。每到月圆之夜,宝石花华光四射,石羊就恢复活力,现出真身,下到卫河边饮水吃草。太阳升起前,它到最善良最贫苦的农民渔夫门前走一遭,再回到原处变成一动不动的石羊。太阳出来后,一般路人只能看到神羊走过的门口前留有羊的粪便,而这家主人一出现,这些污秽之物就立马变成了金元宝。"

"妈妈,那石羊现在还会拉金元宝吗?"

"不会了。卫河两岸的人民世世代代日出而作,日落而息,他们很善良,也很知足,都感谢神羊带来吉祥,谁也没想到去向神羊索要财宝。神羊与河两岸的人们相处得很好。后来,卫河变成了运粮河,南来北往的商人每逢农历十五月圆时都要弃舟上岸,到石羊前烧香求财。对这些贪心不足的家伙,神羊从不理睬。可是,由于受到干扰,神羊也无法显灵为穷人拉金元宝了。有个游走四方盗宝的蛮子随商船来到了卫河边。他虚情假意地讨好神羊,试探着想触摸到神羊,可他眼前的神羊却像影子一样,可望又不可及。多次交往后单纯的神羊告诉了他一个秘密:神羊头上的宝石花是个护身符。有这个护身符在,谁也休想捉到神羊……

"又是一个月圆之夜,石羊前竟无人烧香求财,出奇的安静。石羊现出原形,想趁机到河边去饮水吃草。埋伏在草丛里的蛮子和奸商们冲了出来,用钢钎直插神羊的头顶,溅血的宝石花落地,蛮子和奸商们急忙去抢,竟化为乌有。蛮子想神羊既然能拉出金元宝,肚子里一定有不少金子,就又一刀把神羊劈成两半。神羊立马变成了石像,头上失去了宝石花,凹下一个小坑,身子也被劈成了两截。这时,夜空中传来一阵冷笑:你们虽有人形,却贪心不足,连畜生都不如! 只有善良知足的人才有福分享受和谐吉祥。原本清漓漓的卫河水,迟早会被你们商船上载着的名利给弄脏的,可惜呀……神羊又回到天上了。"

"神羊还会回来吗?"

"神羊虽然在天上,可它的替身不是还在这里吗? 这只石羊能感受卫河两岸的变化,神羊也能知道这些变化。终有一天,卫河水变清了,石羊就活过来了……"

讲述这个故事的是我的母亲,咿呀学语的小男孩就是我。那时,母亲上下班必经这条百米长的石羊胡同。我随母亲到工厂的托儿所里。躺在小推车里,石羊胡同的传说我听了一遍又一遍。

　　如今,我已过不惑之年,可石羊的真正来历却一直困扰着我:

　　查正史方志,均无石羊的记载。

　　这座头顶有坑、身为两截的石像究竟是不是羊?我请教了不少学者,竟无人讲得清楚。

　　从而立之年起,我在异乡漂泊了十年。为了心中的石羊,我曾专程回到故乡卫河河畔。石羊胡同竟已不存在了,代之的是一座座火柴盒式的楼房。我向一位老人打听石羊的下落。

　　"房地产商在这儿搞开发,当地居民反对,双方又争抢石羊,石羊却不见了踪影。有人说被一户居民藏起来了……"

　　我又惆怅地离开了故乡。在火车"哐当""哐当"的催眠曲中,我恍惚看到冥冥之中母亲牵着一只羊对我说:"孩儿呀,娘说的没错吧?只要河水还是脏的,神羊就不会回来!"

　　"妈妈!"我叫着醒了。母亲并不在眼前,她老人家去世已经五年了。

故乡的水

蓝 月

红彤彤的夕阳饮醉了天边的云霞。树丛依然葱绿。幽静的小河,闪耀着点点金光。微风吹起,水面漾起细细密密的小涟漪。涟漪中不时有小鱼儿跃出水面,"咕咚"打破这秋日黄昏的宁静。

河水依然在涓涓流淌,而我已经从少不更事的孩子走到了心事重重的中年。俗话说"时过境迁",我看这句话对心境也是适用的。终于明白了"光阴似流水,匆匆不复归",而对儿时的记忆却日益清晰起来。

"枯藤老树昏鸦,小桥流水人家。"马致远的这句诗句应是对江南很确切的写照。我们的村庄几乎一律的依河而建。秋天的河水是最具诱惑力的,河里不光有鱼儿、河蚌、螺丝,还有小虾和螃蟹。看渔翁撑着小船捕鱼是非常惬意的。

有时间还会飘着细雨,渔翁身披蓑衣,头戴斗笠不疾不徐撑着竹篙。船头站立了两排黑色的鸬鹚。鸬鹚们毛色光亮,模样威武,就像训练有素的战士。渔翁一声吆喝,鸬鹚们箭一般射入水中,在我一愣神之际已经叼着鱼儿回到船上。水面还在荡着圈,鸬鹚已经开始整理自己的羽毛整装待发。

也有不用鸬鹚的,是用一种大网来捕鱼,那网叫什么? 哦,好像是"天打网"。只见渔翁一扭身,一甩手,"呼啦"白色的渔网便撒开没入水中,那真是天罗地网啊,差不多网住了整个水面。稍等一会,渔翁慢慢收网。渔翁两只手交替用力,手、臂经脉凸起,沉稳地往上收。随着渔网往上收,眼前白光乍现,那是鱼鳞在阳光下折射出来的耀眼光芒。渔翁收上网以后大的扔进船舱,小的放回河里。

直到小船没入太阳的余晖,河水又恢复了平静,我才恋恋不舍地回家。

捉螃蟹是很盛大的事情。村里的男人几乎人人到场。具体怎么捉的,我记不大清楚了。反正那几个夜晚就像狂欢节一样,每个男人手里拿一个手电,一闪一闪的犹如我们小孩子雀跃的心情。

大人说:"回去睡觉吧。螃蟹要半夜才出来。"我们兴致盎然地说:"不。"大人们也不呵斥,只是摇头微笑,点起烟来悠闲地抽。没多久我们就失去了耐心,瞌睡袭来,眼皮打架。不情不愿地拖沓着小腿回家睡去了。第二天脚盆里必定爬满了青壳毛腿,横行霸道的家伙。妈妈把螃蟹劈开,蘸上面粉,放油锅里煎过,再放水和毛豆子一起煮,奇香扑鼻,那味道真是鲜美得无法用语言来表达了。

秋日里的饭桌是最丰富的,都来自小河,来自小河的水里。于是对河对水就有了深深的眷恋。

儿时最美的记忆离不开水,水是平和的,人们的心态也是平和的。人们鸡犬相闻,和睦共处,过着男耕女作,悠然的田园生活。而这一幕幕经常会出现在我的梦中。现在回想起来,其实那份眷恋是一份乡情,无论走到哪里都难以割舍。

拾 雁

王雪涛

　　1960 年冬天,饥饿感四处蔓延,豫东一个小村庄的大食堂只有春节那几天才象征性地冒了下烟。荒凉破败的村子里,饿得浮肿的人们围坐在向阳的麦秸垛下晒暖,枯瘦如柴的手有一下没一下地划拉着,希望能扒拉到几粒没打净的麦子。

　　村东头,是一片冰天雪地的大洼,北高南低,向阳背风。夏天,这里天上有飞鸟,水里有游鱼,但现在却一片死寂,整个世界像被冻住的琥珀。这个让人绝望的冬天,甚至难得见只活物,如果谁能逮住一只老鼠,绝对是难得的美味。二月是青黄不接的春荒,树皮都被人剥得赤条条的,树干如裸露着伸向天空的胳膊,高擎着空空的手。二月初一那天,太阳暖洋洋的,天也不那么冷了,燕子开始归来,田野里到处都是提着篮子挖野菜的村人。大洼边的土被挖了个底朝天,像母亲敞开的胸膛,人们像梳篦子一样把贫瘠的大地翻弄得体无完肤。

　　二月二,龙抬头。人们寄希望于早点开春,好挖些野菜充饥。头天晚上,人们早早地蜷缩在被窝里,这样好节省体能,不至于感到那么饿。没想到,一夜风吹雨,又给大地镀上了一层明亮的琉璃,人走在路上像醉汉一样东倒西歪。冬晨的北风像一个劫掠者,在空旷的村里穿街走巷,连一片树叶都不留下。不知什么时候,街上有杂乱的脚步声,把窗户纸震得呼啦啦响,隐约听见有人喊:"拾大雁了!"整个村子好像突然苏醒了一样,大家都随着人群涌到村头的大洼里。果然,大洼里落了一群黑褐色的大雁,聚在一起悲凄地哀鸣。原来,它们北飞时在这里过夜栖息,没想到被昨夜突然而至的冻雨冻僵,翅膀上结了一层冰,像厚厚的铠甲。然而,这层铠甲不仅没有保护它们,反而给它们带来了灭顶之灾。沉重的冰甲让它们寸步难移,伴侣隔空相望,母雏难以相偎。大雁肉鲜味美,在肚皮饿得干瘪的春荒里,面对这从天而降的美味,村人像打了鸡血一样兴奋无比,在冰面上开始了一场惨烈的围剿。肥硕的大雁让人们暂时忘记了饥饿,跌跌撞撞地抱回家,烧水,杀雁,拔毛,去内脏,煮熟,香味扑鼻、味道鲜美的雁肉出锅后,大人孩子美美地饱餐一顿,整个村子里飘着肉香。

　　村里的憨卫星由于穷,三十多岁还没娶上媳妇,和年近花甲的老娘相依为命。他力壮如牛,一人抱了五六只大雁回家,扑通一声扔在院子里,关上门又扭头回大洼逮大雁,往返几次后,院子里冻僵的大雁就堆成了一堆。但憨卫星仍不满足,他要多逮几只大雁孝敬老娘,她已经几天没吃饭了,饿得躺在床上奄奄一息。太阳出来了,大洼里的冰开始消融。大洼中心就剩下一只雏雁,在凄惨无助地哀鸣,别人看了顿生恻隐之心,摇摇头走了。憨卫星顾不了这么多,他小心翼翼地沿着冰面向雏雁移动,最终,瑟瑟发抖的雏雁也未能逃过这一劫,成为憨卫星的囊中之物。憨卫星坐在大洼边歇了口气,就兴冲冲地抱着雏雁回家了。

　　还没进院子,憨卫星大老远就喊:"娘!娘!快烧水!"推开院门,眼前的一幕却让他惊呆了:刚才成堆的大雁一只也没有了,地上只有一摊水和几根雁毛。他大声问:"娘,大雁怎么没有了?"娘没有应声,他扔下雏雁疾步进屋,才发现娘已经断气了。憨卫星抱头痛哭了一阵,来到屋外,发现院子上空有两只大雁在一圈圈地盘旋,发出声声揪心的哀鸣,久久不肯离去。他把雏雁捧在手里,梳理好羽毛,猛地向空中放飞,雏雁盘旋了一圈后,向湛蓝高远的天空飞去……

乡村味道

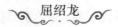

屈绍龙

　　乡村,有时候,可以简化成一片廊坊,一声乡音,一句乳名的呼唤,一种小吃的吆喝,在我们不经意的时候,唤醒一种久长的记忆与思索。

　　冬日的黎明,一声声"喝——粥"的吆喝声,打破寒冷的寂静,唤醒温暖的舒适。一阵接一阵的吆喝声,粥的香味,如丝如缕,弥漫,扩散,飘逸,升腾。偶尔,夹杂着嫩酥的油条味儿,钻入鼻孔、心肺、肠胃,激活人的精神。

　　粥的味儿,抵不过羊肉膻味的浓烈。羊肉熬汤,是滋补身体的佳品,驱逐寒气的上品。酒精味混合着羊肉味,在乡村的天空袅袅升起。我们聚在柔和的灯光下,品酒,尝肉,观赏或真或幻的电视剧,时而泪流满面;时而痛恨不已;时而捧腹大笑;时而悲痛欲绝。我们生活在真实的世界里,我们秉承着特有的生活准则:亦简亦繁,是包容;亦诙亦谐,是幽默;亦容亦纳,是气度;亦刚亦柔,是凝练;亦动亦静,是自信;亦张亦弛,是和谐。我们在生活圈延续了一代又一代人生命的完美。

　　火炉旁,我们把玩传家物品,叙述蕴藏几千年的故事。物品的渊源,物品的品德,物品的辛酸,物品的悲欢。一块玉佩,是祖传之宝。反复把玩,感受其温润,品赏其品质。玉者,石之美也,兼有五德:润泽以温,仁之方也;䚡理自外,可以知中,义之方也;其声舒扬,专以远闻,智之方也;不挠而折,勇之方也;锐廉而不忮,洁之方也。乡村之人常佩玉,是时刻提醒自己,要向着那些崇高的品质而努力。

　　冬月之初,多雾的季节,雾里蕴含着尘埃和水汽,在乡村的大街上,涌过来,又涌过去,雾中的脸,雾中的车,雾中的民房,雾中的树林……似乎是紧闭着呼吸器官的,他们嗅不到雾的真味。

　　季节,以镰刀的脚步,一步步走近。阳光的移动,河水的流逝,月亮的圆缺,燕去雁归,土地在河水中移动,这就是时间的脚步。在收割着地面的一切,不知不觉间,秋季来临了。

金黄的玉米,透着成熟;摇铃的大豆,透着内敛;沉甸的稻谷,透着容颜;剔透的葡萄,透着晶莹。

香甜的月饼,是我们的期盼。

浓郁的美酒,是我们的畅酣。

明亮的露珠,是我们的项链。

鸣叫的蟋蟀,是我们的乐曲。

播种的季节,一只鸟,一根草,一株禾苗,都是那么庄严的事情。

英国哲人查尔斯·里德曾这样说:播下一种思想,收获一种行为;播下一种行为,收获一种习惯;播下一种习惯,收获一种性格;播下一种性格,收获一种命运。

播种一粒棉种,我们收获一个雪白白的秋天。

播种一粒黄豆,我们收获一个金灿灿的秋天。

播种一粒稻谷,我们收获一个沉甸甸的秋天。

播种一粒玉米,我们收获一个香喷喷的秋天。

播种一粒高粱,我们收获一个红彤彤的秋天。

播种一粒油菜,我们收获一个绿油油的夏天。

…………

我们住的乡村,不管任何季节,走进树林去,就会发现到处充满了勃勃生机,草木吸收露珠,承受阳光,努力地生长;花朵握紧拳头,在风中奋斗;然后伸展开放;蝉在地下长期的蛰伏,用几年乃至十几年的时光生活,才有夏天那短暂悠扬的歌声,从一个乡村传向另一个乡村。

钻出地面的青草,感谢春风,将淡淡的青草味儿,送向远方,送到乡村的每一个街道,每一个农舍,每一个树林,每一个角落。

四月的梧桐花,紫里透红,香中有甜,甜中带香。五月的洋槐花,洁白耀眼,味纯香浓。六月的楝子花,色浅味淡,淡中有味,味美醇厚。

一株月季,一幅画;一丛兰草,一幅图;一碟水仙,一位凌波美人。

火红的辣椒,从农家弥散到每一寸湖面,每一块麦田,每一段街道,每一幢民房,每一片丛林,升往高空,化为缕缕青烟消失。

乡村是蔬菜的王国。浓香的芫荽,青青的菠菜,酸辣的韭菜,翠嫩的芹菜……充实着我们的生活有色有味。

一碟辣椒,激活一张张舌头。

一盘芹菜,刺激一个个喷嚏。

一张煎饼卷大葱,豪爽一个个人生。

一杯清茶,演绎一个个思考。

乡村的炊烟,是无根的树,是载不动的情。

炊烟袅袅,是一道风景,是一道彩虹,是一朵飘逸的白云,是一个家庭的温馨,是一个乡村的祥和。

我们看见炊烟,就有歇息的释然,有了炊烟,家就不再遥远。

面对炊烟,凝望云一样升腾,雾一样的飘散,炊烟总是在游子的记忆里飘荡;一种久违的亲情,系结着终生无法忘却的爱,一种终生无法忘却的母爱,因为母亲在终日侍弄炊烟,炊烟就飘荡在游子的记忆,定格为一种久违的亲情。即使日子久远,相隔万里,也割舍不下这灵魂深处的思念。

我们在爱的浓荫的庇护下,在炊烟的笼罩下,我们慢慢长大,宁静地生长,一天天长大,一天天远去,许多时候,我们想起快乐与忧伤;许多时候,我们记起孤独与寂寞;冰封的寒夜,孤独地守望他乡的炊烟而神色黯然;灼热的干旱季节,寂寞地遥望他乡的炊烟而恐慌不安;阴雨绵绵的季节,我们独守一隅,燃起炊烟升腾在他乡,我们肃穆伫立,心静若水,以一种最虔诚的姿态,仰望天空,倾听飘荡在岁月落叶的足音……

其实,炊烟融入云端,飘到天际,乡村,是炊烟的根,爱是炊烟的根,游子回家,第一件是炊烟的升起,那是爱的形体,那是爱的原形,那是爱的化身。不是吗?

乡村,有时候,可以简化为一粒种子,一株禾苗,一块田畴,一段河道,一个塘坝,一杯清茶,一缕炊烟,一个眼神,一个手势。这些,在我们的记忆里,要用一生的时光,回味咀嚼其中的味道。

那不是乡村的味道吗?

冬日的原野

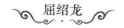

屈绍龙

  冬日，田埂的斜坡上，往日的青草，失去容颜。干枯的茅草，像懒婆娘的头发，十多天没有梳，十多天也没有洗，没有一点整齐的迹象。

  沟壑上，白杨树的叶子，簌簌落下，无数枝干直插天空。树下的落叶，随风起舞，有的落在水面上，像一只小船飘荡摇摆。牧羊人没有去处，在沟壑边追赶着羊群，白色的云朵，散落在地面。

  山坡上，干枯的野草，肢体残废，躺在大地上呻吟。高矮不等的玉米秸，像一个个醉汉，摇晃着东歪西斜的躯体，表明它们的存在。失去衣服后，它们赤裸着躯体，羊群依然穿梭其间，远比鱼戏莲叶乏味。

  鲁西南的大地，入冬以来，没有雪花，就连霜花也难得一见。"蒹葭苍苍，白露为霜，所谓伊人，在水一方。"只得在心中默念，抑或是一种对苍天的祈祷。江浙沿海一带，出奇地降下二十几厘米厚的雪，而在北中国的鲁西南，雪花却没有光顾的迹象。

  田野里，麦苗失去原有的绿色。失水后，颜色立刻黯淡下来，一如人的脸色，失去往日的红润。朔风一次次南下，麦苗的脸色，一次次失去光泽，像一个病奄奄的老人，没有一点生机，没有一点活力，没有一点精神，更没有一点朝气。

  盗贼一样的牧羊人，脸皮比羊皮厚十倍，在麦苗生病的日子里，他们依然将羊群赶到田野，从一个濒临死亡的人体内，榨取油水；从一个血液枯竭的人心脏里，吸取精华。这与落井下石，没有什么区别。

  冬日里，它们躲避在背风处，像蜥蜴隐藏在石块阴影里，偶尔，遇到人的到来，就像蜥蜴一样迅速逃离。

  其实，世上本来就存有厚脸无耻之徒。

广袤的山丘上,茅草乱发蓬蓬,即使是冬日,茅草依然丰满,偶尔有白色穗头,夹在宽阔而柔韧的草叶间,即使颜色发生了变化,干枯的草,依然可以是羊群啃食的对象。虽说茅草,在越来越深的季节,一天比一天憔悴,墨绿色的叶子,也慢慢失去水分,苍白中有韧性,就是干枯些,也可以供羊充饥,那也总比像盗贼一样,在糟蹋麦苗的躯体。

夕阳西下,盗贼一样的牧羊人,用绳子将醉汉五花大绑,算是唤醒醉汉的最近方式,他们就以此来遮盖自己的丑恶行迹。其实,他们心里明静如水。

田埂上,地堰边,喝醉酒的玉米秸在睡大觉,只是姿态多样。或并排睡着,或东倒西歪睡着,在冬日里,只有牧羊人,在落日时,才唤醒他们,将他们带回家,放进柴房里,再睡上一宿,第二天,玉米秸就化为黑色的蝴蝶,在天空飞舞了。

山坡上,洋槐树的纸条上挂着蛇的外衣,胆小的人,看过之后,身上的鸡皮疙瘩顿然布满。微风吹拂,蛇皮,好像在蜿蜒游动……

树下有一片片黑色的污迹,在闭塞的山冈,在闭塞的乡村,禁止焚烧秸秆的文件,如同虚设,黑色的蝴蝶,依然在天空翩翩起舞……

在庭院的上空,黑色的蝴蝶在漫天飞舞,人们一直向往乡村的环境,其实,人们的愿望像肥皂泡一样日渐破灭。

冬日的山冈,是光秃秃的,像谢顶的青年人一样,与实际年龄不相符合,心里总感到不是滋味。

山冈上,土层被大型的铲车揭去皮层,裸露出厚厚的岩石,粉石机在冬日里,隆隆巨响,偶尔,一两声放炮声,震得房屋像发生四级地震一样,人在屋里就有一种恐惧感,走出房屋观看,田野上,一层灰蒙蒙的粉尘,弥漫之上。

初冬,白菜还在菜园里生长,菜叶上全是白色的粉尘,绿色的白菜,立刻变样子了,成了真正的白菜。岂不可笑?

冬日的原野,我们看见晨练的人们,他们在树林里,或跑步,或活动筋骨,或慢跑行走……

他们在田野间穿行,在树林中行走,唯独不见在山冈间,吸清晨之朝露,呼夕阳之余辉。

他们失落,他们无奈,他们惆怅,他们茫然……

夕阳,是播撒在田野的黄金;露珠,是散落在田野的珍珠;白霜,是雕镀在田野的白银;雪花,是刺绣在田野的梅花。

冬日的原野,虽说没有秋日的喧嚣,却应该拥有超脱喧嚣的宁静。

冬日的原野,虽说没有夏日的热烈,却应该拥有超脱热烈的寂寞。

冬日的原野,虽说没有春日的温暖,却应该拥有超脱温暖的闲适。

宁静的冬日原野,应该拥有,比喧嚣的秋日更富有的内涵。

寂寞的冬日原野,应该拥有,比热烈的夏日更富有的外延。

闲适的冬日原野,应该拥有,比温暖的春日更富有的精髓。

冬日的原野,宽广的胸怀里,秉承着春日的温暖,我们在温暖的胸怀里呓语不断……

冬日的原野,博大的胸怀里,秉承着夏日的热烈,我们在热烈的胸怀里点燃希望……

冬日的原野,旷阔的胸怀里,秉承秋日的喧嚣,我们在喧嚣的胸怀里放飞梦想……

如此美妙的冬日原野,怎能不让人爱呢?

月亮之上

刘　玲

　　我小名叫小荷，我问妈妈，是不是生我的季节正是荷花绽放。她说，穷乡僻壤的，哪有荷花，看不到的，我就想着你是个柴禾妞，柴禾的禾，登户口的做主写成了另外那个字。妈妈这样一说，我倒觉得最初的名字是对的，我本然就是一个柴禾妞，月下荷塘不是我人生起步的意境。

　　我小时候用的课桌是石板，坐的凳子是木墩子，张着塑料布的窗户张大了口呼呼引着山野的风。我经历过那个年代。

　　十六岁之前我这根柴禾棒一直无所畏惧地行走在山村乡野，天生一副清亮的嗓子，十六岁那年出来学了艺术学校的音乐，后来分在城里的一所小学当老师。

　　这个教师节不是艳阳天，淅沥沥的秋雨韵致有味，不缓不急，让人索性没了盼头——不会停的，这是个雨天。

　　我带着演出的孩子到达会场的时候，有几个孩子一下车踩到了泥里。我让"助理"挨个给他们擦净紫色的小皮鞋，校长今天特意给我安排了助理，因为今天的我，不仅是带队的老师，还是上台领奖的教师代表。

　　其实，我心里装着更重要的一件事。

　　来之前，开影楼的朋友给我电话，说要免费给山区的孩子照相，同时送一些物品，让我联系一个学校，到时电视台会给朋友做一档专题。我当然明白，她步步为营最终是为了拿下整个系统学籍照相这块大单，拿下了这单，起码能靠着大树乘会儿凉吧。

　　这个我理解，生意总要有人做，让一个有爱心的人来做我们更心安，我眼红的是她说能送东西给那些孩子。

我看座次表,我的右侧是离县城最远北面山坳里一个小学的校长。

我撇下打扮得花红柳绿的我的小演员们,找到了校长,这个把衬衣扣子当成风纪扣扣得严严实实的老校长,听到这个消息,惊得合不拢嘴。

当明白我是很实诚而且心情很迫切要做这些的时候,老校长心疼地说,给我那些住校的孩子送一些蚊帐吧,山里的蚊子真野啊,立秋后的蚊子更野,它们把我的孩子咬坏了。

我心里略微算了一下账,替我的朋友应承下来,这个,应该没问题。

我们敲定这件事的时候,台上的音乐轰然而起,我的学生要表演了,我在座位上忘情地一下站起来,抑制不住有些失控地用肢体引导,引来侧目。

本来应该是搞摄影的朋友请我吃饭,因为是我圆了她的心愿,我愿意相信她的初衷是为了帮助孩子们,她以后拿不拿得下照相的单子不是我能插上手的。

但是,蚊帐这个单子也是有点大,我心怀忐忑,有点害怕她不能接受。于是我请她吃饭。

我把她约在我平时不敢涉足的烤鸭店,两个人吃一只烤鸭,显得我有多么不顾一切地想促成这件事。

大厅的四个角落都装了环绕音响,混响的效果很好,清幽颇有禅意的旋律里,我先酝酿出一种怀旧的气氛,忆苦思甜聊起了自己曾经的柴禾棒生活,对面的她深陷其中,拿筷子的手一下下迟缓,险些歇歇。

我又现场打死了一只仿佛来配合我演戏的大蚊子,这蚊子拍死在我的胳膊上,一记猩红的血,和着几条细长的蚊子腿,我说,看看,多猖狂,立秋了也不死,山里的蚊子更野。

当我把蚊帐这件事摆到她面前的时候,先前一直安静的她像是被火燎到了。

她表达了自己的意思,这件事展示我的照相技术是主要的,同时也表达了我的爱心,山里的孩子多久才能照上一次相,有的大概长这么大都没拍过一次大彩照吧?我艰难地辩解,不照相基本上不影响生活,但是每天晚上被蚊子吸血那是多痛苦的一件事。她说,我买点蚊香吧。我说,点蚊香危险,只能用蚊帐。

吃完最后一块鸭肉的时候,她终于亮出了自己的底线,能拿出来的钱根本不够买二十顶蚊帐,而我答应给的,是二百个。

我曾经受邀给一家企业干过私活,给他们排节目,一群硬胳膊硬腿的姑娘给我调教得一夜练就了基本功,这种花架子阵势,使她们在当时的系统联赛中一路闯关夺冠。

老总的答谢宴设在市区最高级的酒店,至今我都难以释怀,那透明材质有着精巧造型的杯盘碗盏是我见过的最富于梦幻的器皿,自那以后的我每每在街头用一次性杯子喝啤酒,都会想起那高脚杯两指一擎的高雅和暗红色液体搅起的心旌摇曳。

我又一次来到老总的办公室,身份不是那个受邀而来的舞蹈老师,而是心怀目的的一个人。老总的办公室比起第一次来更显豪华,办公桌的位置也换了,从门口走到桌边得有不少的时间,老总没忘了我,赶紧迎过来把我让到真皮沙发上。

老总仍对我心怀感激,开口就说,今天中午我请吃饭。

我说,不用请吃饭……我有电视台的朋友想做个宣传,我想你是那么有爱心有能力……我知道有个山区小学需要一批蚊帐,钱有点多……不过,可能没你请我吃饭的钱多……

我报了一个数字,那老总哈哈一笑,我以为你要我破产呢,这是个事吗?就这么定了。

我觉得老总住这么好的房子开这么好的车,几乎天天用那样的高脚杯喝酒,他享受这样的生活是应该的,因为他人那么好。

这件事算是定下来了,我给老校长打电话,等到天气好转,我就把孩子们的蚊帐送上去。这几天下雨,蚊子们暂时不会很活跃吧。

之后,我和小磊去看了婚纱。

我们是黄昏去的,他骑着单车来载我,到达的时候,门店就要打烊了。我们的婚期只有一个多月了,他也是农村出来的柴禾棒,在举目无亲的小城里,凡事都是我俩自己拿下,说是拿下,其实就是简单到最简。小磊住在单位的临时办公室里,我们的新房是租来的,我和他戏称,两人就像两颗趴在荷叶上的小露珠,有日子任凭日月风雨侵袭呢。

我们衣饰简朴,光是我一脸菜色就表明了我们的消费层次,老板娘不是太热情,推荐了几个低价位套餐。

但是小磊的一句话震撼到了她也震撼到了我,小磊说,我要给我的新娘子定做婚纱，就是说，我们要买一件婚纱。

他握着我的手说，婚礼上总得有一件东西是自己的吧，司仪见过多少真金白银的钻戒，我们的地摊货人家一眼就能看出来。还是为你做一件婚纱吧，一件永远属于你自己的婚纱。

我的心开始下雨，泪光盈盈中，又登时感觉小小的心里日月普照，我亲爱的小磊。

我在画册上找了一件突出锁骨没有褶皱的婚纱，料子越少价格越低，这是肯定的。

我所在的学校是县城里最好的小学，那些舞蹈室、琴房、音教室就像我的私有财产，使我乐在其中，经常忘记我即将生活的地方是在地球上租借的。

山区的老校长竟然找到学校来了，他在此起彼伏跳动着音符的琴房门口迷失了，被换教室的孩子挤来挤去，看到我的时候，眼睛还在贪心地看隔壁舞蹈室的新地毯和那些正在拉动天鹅脖的小女生。

老校长告诉我，蚊帐不要了。我心里一紧，难道是想到了更重要的？如果价格有增加，我怎么跟那个老总开口。

老校长说，不要了，什么也不要了，千万不要送了。老校长说，上面的领导怪罪下来了。

领导说，好的政策、大笔的经费一直倾斜山区，区区蚊帐这么小的事情以后会解决的，作为老校长，怎么可以到一个小姑娘面前哭穷，伸手要，还要电视台大张旗鼓来宣传，这不就等于说，如果没有社会上的爱心人士捐助，我们的孩子岂不是一天天在喂蚊子？

老校长走的时候，一间间教室看，看我们的葫芦丝表演班、绘画班……在刚刚移植到位的大草坪前站了很久。

消息是老总透露出去的，他给主要领导敬酒的时候，把这件即将要做的事当成自己的亮点打了出去。

我给老总打电话，要不，咱们就别宣传了，悄悄地给孩子们送过去。

老总说，我是在做好事，难道我是在做贼做强盗，这样藏着掖着？不能理解。小姑娘，我还是请你吃饭吧。

老校长到村口接我的时候，我乘坐的公交车刚刚开过，灰尘中我坐在松

软的编织袋上咧着嘴笑。对那老头招招手，快，是蚊帐，悄悄地，没有电视台拍。

山里的小学校仿佛只有我们学校的升旗台那么大，镶嵌在崇山峻岭中，像一颗被主人丢失的棋子。

我和孩子们一直忙到月亮升起，才挂好这些蚊帐，女孩子在帐子里钻进钻出，像是突然有了一间自己的闺房，男孩子因为有了这顶帐子，突然有了卫生意识，随便扔的衣服散放的鞋子都归了位。

夜色垂下，学校一片寂静，这时，山风才显得突兀，我甚至觉得那薄薄的帐子也是能御寒的。孩子们睡得很安宁，学校围墙的水渠边飞舞着几只萤火虫，若隐若现，透着华贵微茫的亮。

我和老校长在学校至高的露台处，吃着干果，喝着山里的菊花茶，聊着这凉薄的山间月色。

月亮挂得高高的，但我感觉自己身处天宇的茫茫高处，月亮，触手可及，月色，只为我们清亮。

小磊给我电话来，问我在哪里，为什么退掉了婚纱，拿走了定金，难道要逃婚吗？你这丫头。

我身上披着的，是一顶洁白的蚊帐，连头都包起来了，我和老校长，还有孩子们都被这洁净的没有污染的帐子包起来了。

这样的一个夜晚，那些贪嘴的蚊子只能是为我们伴奏的末日生灵，它们像一枚小小的乐器，在我们的周遭只能发出细小的喧嚣，舞动出微弱的律动。

我告诉小磊，现在的我已经披着婚纱，身处月亮之上，不是吗？小磊，月亮，就在我的脚底下。

孤独的小镇

刘 玲

　　我在一个小镇里待过一个月,是我坚持把它看成小镇,其实它是市区的一个角落,散落着一些年长的建筑,到处爬满了青藤,这里的人仿佛非常惧怕活在燥热里,比赛着摆弄自家的攀爬植物,不愿意暴露一片砖瓦。

　　一条锈迹斑驳的铁路从饮食生活的烟火中穿过,蜿蜒着来,蜿蜒着去,如同小镇是一幅写意画,这条匆匆来去的铁路是最动感、最清晰的一笔。

　　我早上从三叔家出来,夹着前一个晚上的稿子。1996 年,整个七月的阳光都很干净,每天清晨,我走向报社,这个时间有一列火车经过,我很惬意能站在铁路旁感受呼啸而来的气流。这时候,手里的稿纸上下翻飞,裙角跟着飞扬,那时候是长发,我极力拂过扑在眼前的发丝,因为我想看清那些贴在车窗上的面孔。有时候看到一个老人,有时候是一个孩子,更多的是我无法判断长相年龄的男女,我想象着他们赶着这列火车是要干什么去。别人的行走,让我无限想象。

　　穿过铁路,再有百米就是我实习的报社。远远望去,灰色的楼体毫无生气,只有那面国旗裹着一团生机猎猎飞扬。而门前,又是几只目中无人的家鸡在昂首阔步,让我心生疑窦,这些文人骚客为什么能容忍这几个聒噪的家禽自由进出自己的领地,以至于后来它们敢大胆地把脏物排泄到院子里?

　　后来我很牵强地这样意会:灰色的楼体、逼仄的楼梯、狭小的办公室、简易的办公家具和办公用品,还有那几只大胆随意的鸡,是不是暗示着当时报业产业化的困顿?

　　我不参加报社的点名和会议,但我知道他们的动向。在副刊,除了老主编和我没有广告任务,其余的人都在憋足了劲儿拉广告,点名或者总结会结束以后,哗啦,退潮一样地没了人,副刊,成了真正的半亩闲田,争抢着上稿

的热烈局面暂停了。这时候，老主编和我就成了这个世纪末最放松的文学爱好者——我拿出自己的文章和这个书卷般的老人逐字逐句斟酌。

我得以在大家冷落的这块地界趁机发了一些自己的作品。现在想来，那是一些多么清浅的文字，二十岁年华里的文字，已经夸张到，寂寞比烟花还蓝，忧伤比大海还辽阔。

中午回去的时段，没有火车经过，我很习惯站在铁路边，左右看伸向两边的铁轨，那是千钧之力无法改变的执着，我觉得这样的姿态太过决绝，无法改变的残酷。

我拐进三叔家胡同的时候，一般都能听到婶婶的叫骂。推开铁门，很多时候是这样的画面：三叔，这个当年在一衣带水的国度里遭遇过爱情，被婶子以死相逼回了国的才子，此刻，每天的此刻他一定正喝着两块钱一袋的散装杂酒，三十多岁就颤抖着手夹不住花生米。那个画面特别触目惊心，因为他太年轻了。

我接过婶子胳膊下夹着的堂弟，婶子更得以张开双手直戳三叔的脑门。

三叔最爱说的话就是，你像我，整个家族小一辈儿里就你跟我像。要不，三叔每天都要重复这句话，要不我怎么就把你弄到这里工作？我说，是实习。三叔把食指放在嘴边，结巴着吹响，小声点，我肯定会把你留在这里。

我常想，婶婶大概一辈子都会致力于声讨三叔的那一次异国出轨，一辈子都在质疑为什么回国的时候去了外汇兑换处却没有把钱拿回来。三叔，注定一辈子要陷入无休无止的河东狮吼，在异国他乡能用别国语言作文的三叔，再也写不出一个字。

中午更寂寞。我躺在散发着燥热的凉席上，吹着刺啦啦响的电扇风，隔壁传来婶婶与三叔低沉的争吵，间或还有巴掌拍在背上的声音，小堂弟总是突然起一声号哭。

偶尔，在中午我会洗衣服，坐在断了一根带子的小马扎上，把手浸在丝丝凉的水里。阳光是饱满的，天地间充斥着蝉鸣，我常想，这蝉怎么就能不歇气儿地叫，连口气都不喘。

婶婶对我是不错的。我一般都午休，否则，这个小镇的午间更显漫长。到时间婶婶会叫我起床上班，轻轻地拍打我。我一睁眼就看见她穿着不讲究的内衣，弓着臃肿的身体趴在我床头，轻声喊我，起床了，别迟到了。

就是这样温热的喊，也让我无比窒息。

下午的报社，如同涨潮，所到之处都是在用电话收集跑广告的信息反馈，或者交流跑广告心得，电风扇呼啦啦赶不走热，我看到一幅流动的浮躁的画面。这个时候的老主编，就用报纸遮脸，不知道是在看还是在打盹儿。

晚上的小镇，竟然有胡弦儿声，悠扬，哀怨，若有若无地夹杂在人声鼎沸里。那是一家烧烤店，拉胡弦儿的像躲在一张大幕后，只闻其声不见其人。摊位周围弥漫着烟熏火燎的热闹，烟雾随着夜风恣意张扬。

我一般都带着小堂弟坐在门口张望这群人，试图穿越某个画面看到那个拉二胡的人，是男人还是女人？也许就是戴着墨镜的阿炳模样。我在假想的时候，这个叫凡凡的堂弟会突然有很不平凡的举动，把臭臭拉到我的或者自己的身上，那小脸还在很邪气地笑。

晚上的三叔一般会喝到烂醉，嘴里哼着不成调的怀庆府的梆子戏，婶婶从身旁走过，他会猛一下掐住婶婶的大腿或者屁股。婶婶这时候也会带着笑骂，更多的是用筷子敲，拿起来就是狠狠地一下。

我很晚的时候，会写一小篇文字，因为我还写不出长的，刚刚大学毕业的二十岁女孩子能写出什么来。三叔家的书房很凌乱，案头永远堆着那沓三叔倾情撰写初恋的文稿，那个叫玉娥的女子像是住在这个屋子一样，静静的，永恒的。还有就是日语的写美子的那些文字。我写累的时候就翻翻，几乎能掩住背诵了。

家乡的妈妈一直打电话来，极力让我回去做老师，马上就要分配了，说，你要快点回来，记者有多辛苦，而且，你的朋友都在家乡，你不会感到寂寞。

是的，我在家乡不会寂寞。二十岁，我还没有学会在陌生的地方马上让自己不寂寞。

一个月的时候，我提出走人。

主编很震惊，他说，我觉得你是很热爱这个工作的，我希望真正热爱文字的人做这个工作，就像你一样。你放心，只要坚持，你能拉来足够的广告，马上就会转正的，薪水也很可观。

三叔很震惊，伸不直的舌头最大能力地怒斥我，你知道，让你来这里我给了人家两瓶好酒呢，我自己都舍不得喝，你这丫头，我不能写了你也不写。

婶婶很震惊，小心地看我的脸，说，我以后尽量不跟你叔吵架，不影响你，别走，你叔叔不想你走。

小堂弟把屎拉在了别家门口，一脸坏笑蹒跚着扑过来。

　　我当然又去看了那条延绵不知终点的铁轨，我去看的时候，是火车已经开过的时间，竟然有火车过来，这列晚点的火车像是在这里等着我。

　　我回家乡的时候，带着一沓报纸，是我发表的那些文章。这些文字成了我的工具，因为它，我没做教师。此生，这是我第一次利用文字，在这个孤独的小镇，很从容地利用了她，犹如利用了一个女子婉约的爱情。

　　那个小镇，成为我记忆深处常常想念的地方，烟火中的三叔一家，文字中的老主编，那段执着的铁轨，幽怨的胡弦儿声……现在想来，真是有前世今生的味道。

镶嵌在墙上的黑板

孙道荣

    这是一片神秘的土地，在大山掩映之中，一个小村庄，兀然出现在我们面前。我们带的地图上根本没有标注，就连为我们带路的向导，都不知道有这么一个小村庄。我们惊喜地走了进去。

    小小的村落，散布着几十户人家，过着世外桃源般的生活。与近乎原始的自然环境相比，更让我们惊讶的，是当地的村民。据说，除了偶尔有县乡的工作人员和村民的亲戚进过村之外，这些年，几乎没有什么外人，走进过这个村庄。村民们看见我们这些误闯进来的外人，就像看见外星人一样，好奇而激动。我们在村民们好奇的目光中，好奇地绕着村庄边走边看。家家户户的门，都是敞开着的。在其他地方，你已经无法看到这样日不闭户的场景。

    最后，我们来到了小村唯一的一家代销店，我们想在这里补充点物资。小店里只有最基本的日常生活品卖：盐、酱油、一两种劣质烟、坛装的老白干……都是村民们需要的东西，而我们需要补充的矿泉水和方便面，竟然都没有，店主解释说，矿泉水，村民根本不需要，方便面？那么贵的东西，小村可没几个人吃得起。

    我们买了几块当地产的大饼，店主热情地为我们灌满了冷开水，这样，我们后面的行程就不怕了。因为要出山进货，店主算得上这个小村里见过世面的人。我们和店主聊起来。小店门边，镶嵌在墙上的一块黑板，引起了我的兴趣，上面用粉笔歪歪扭扭写着一些文字和数字，如大黄，酒，4.6；二贵妈，酱油，2；黑头，盐、烟，13.45……问店主，黑板上写的是什么？店主笑着说，是大家伙赊的账，等有钱的时候，就来结一下。原来是账单。正说着话，一个中年人来买烟，店主递给他一包烟，中年人接过烟，顺手在墙上扣下一

小块石灰,将黑板上的一个数字擦了,重新写了个数字,然后,拍拍手,和店主打声招呼,走了。我们惊讶得目瞪口呆,就这么随便擦擦写写啊?店主看出我们的困惑,笑着说,都是乡里乡亲的,谁还会赖我几个钱啊?

有人上前用手轻轻擦黑板上的字,一擦就没了,而且,这块黑板是镶嵌在墙上的,即使晚上,也只能"挂"在外面,如果谁晚上偷偷来将名字擦掉了,或者将数字改了,那不是轻而易举的事啊。店主说,这事,还真发生过。有一次,一个村民来买东西,忽然发现自己名字下面的数字没了,可能是被哪个调皮的孩子擦掉了,村民赶紧找了块石灰,将数字重新写在了黑板上。大家在我这里赊了东西,他们记的可清楚了,我这个黑板,也就是个形式,其实,账本都在大家的心里呢。

店主的话,让我们羞愧不已。多么纯朴的村民啊!我们感慨地说,店主这个黑板,可以作为现代人的一个典型教材,我们现在最缺少的,就是诚信和信任了。

回城之后,我们将这个故事讲给身边的人听,闻者无不激动不已,太难得了!一批批人沿着我们的足迹,走进了深山,去寻访那个神秘纯朴的村庄,而大家最感兴趣的,就是那块象征着诚信和信任的黑板……

一年之后,我们一帮人,再次踏上了那片神秘的土地。进山的道路,已经拓宽了很多。我们轻松地找到了那个小村。未进小村,就被它热闹的气息感染,一打听才知道,这一年来,小村已经被开发成旅游景点了。

我们顺利地找到了那家小店,小店的周围,又开了好几家纪念品和土特产店。让我们聊感欣慰的是,镶嵌在墙上的那块黑板还在,上面的账单也还在。很多游客,在黑板前拍照,留念。我悄悄摸了摸黑板上的字,擦不动,原来是白色的油漆写的。店主认出了我们。一边忙着招呼生意,一边告诉我们,小店生意大了,经常有人赖账,所以已经不赊账了,再说,现在村民也都有钱了。我问,那还留着这块黑板干什么?店主呵呵一乐,招牌啊,很多人就是冲着它来的呢,这还得谢谢你们的宣传啊!

我无言以对。墙上的黑板,白漆的名字和数字,冷眼看着眼前热闹的景象。

张望果子成熟的季节

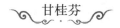

甘桂芬

　　我爱水果。小时候在乡下，水果是稀罕的东西。我家院子大，爹种了一棵杏树、一棵桃树和一棵枣树。

　　每年，一过罢春节，从果树冒芽开花的时节起，我就埋下了心思，见天放了学，抢着书包大呼小叫地冲进门，站在树底下张望。哪一朵花败了，开始结成一个小小的青包，我都清清楚楚。

　　可是一直到眼睛被青包喂酸了，小包包还是小包包。

　　我急啊，问妈妈，啥时候能吃上杏？

　　妈妈说，要等到收麦子的时候，杏就黄了。

　　那桃子哪？

　　等到杏吃完了，麦子收完，玉米种进去，长出一揸多高的苗，桃子该红了。

　　哦，那么久啊。我不再在树底下张望，我的战场转移到院子外的麦地里，看麦苗拔节。咋就这么慢呢？小时候的日子多么漫长啊。我急啊，为什么从早起到天黑有那么多时间？为什么还没有到麦子飘香的农历五月？

　　等不及杏黄桃红的时节，我沿着麦田边的沟堰，找那些红的黄的喇叭形的小花，有些小花的嘴巴是甜甜的，我一把把揪起来，用它们的嘴巴甜蜜我的嘴巴，安慰我吃不到水果的寂寞。

　　五月虽然遥远，但总是会来到的，它的姗姗而至一年年考验着我的耐心。

　　我对黄黄的杏子望穿秋水。可是有那么多人要和我分享，姐姐吃，哥哥吃，妈妈还总是不忘让我送一包给对门家的大大。他们家的孩子也眼巴巴看着我们家杏子黄哩。

妈妈说，杏子吃多了会上火，流鼻血。

我不信。我猜，还不是怕我吃多了，哥哥姐姐吃少了？

每天放了学在树底下等着。那么大的杏子树，我运气好，总会有一阵风趁着我的心意，把一个个熟透的黄杏子吹到我脚下，我捡一个吃啊，再捡一个吃啊。没有风的时候，我就拿一根长长的竹竿敲。

麦熟一晌，家里大人都到地里收麦子去了。我一个人在家，没有人知道我吃了多少。当天傍晚我的鼻子就流血了。收麦子人都还没有回来，天哪，我会不会因此死掉？我心里好恐怖，学着大人的样子拿冷水拍打额头，用一卷卫生纸堵住鼻子。一个人仰头躺在杏树下的竹椅子上安慰自己，就算真的死了，我的肚子里装了满满的杏子呢。

杏子吃完，桃子真的就熟了。

桃子养人呢，吃多了也没有关系。但是妈妈照样没有由着我享受口腹的快乐。妈妈说，要去看姑姑呢。我们老家的规矩，收罢麦子要瞧瞧闺女有没有在婆家受气。奶奶去世多年了，妈妈要代表娘家去看姑姑。

每次去妈妈总是擓着篮子，篮子里是一个个挑出来的红桃子。我回回都要跟着妈妈。她一只胳膊擓着大篮子，一只胳膊擓着我，一步步走到三里外的姑姑家去。

姑姑那时候还年轻，总是背着妈妈从篮子里挑两个大桃子塞到我手里。

吃完桃子就该盼着枣了。可是枣却长得慢，非得等到八月十五月亮圆的时候才肯甜。

在一年又一年等待果子成熟的渴望中，我长大了，离开家，到看不见我家杏树桃树和枣树的地方念书、工作。

后来父亲去世了，母亲也跟着姐姐住到城里。我回家越来越少，听说几棵果树因为不大结果子已经被砍掉了。

妈妈说，果树也有灵气，吃果子的人不在家，它就不结了。

直到现在，我一直保留着爱吃水果的习惯。无论什么样的烦恼袭来，拿一只鲜艳的水果，喀嚓喀嚓，听它们在牙齿间欢叫着粉身碎骨，让汁水飞溅在味蕾上，心里就会充满快乐。

只爱甘山一点点

甘桂芬

　　快到甘山的时候，同行的朋友说："姓甘的，到你家了嘿。"

　　我笑。我认识甘山，甘山不认识我哩。

　　行至山脚，下起了雨。导游小姐说，你们来得不巧。

　　下雨有下雨的好。我们不肯辜负了奔波数小时的行程，坚持要上山去。

　　都说十月是甘山最美的时候。果然，满山满坡都是红叶，远望仿佛一团团火焰在烧。

　　因为丝丝缕缕的雨，树叶被洗得晶莹透亮，像刚刚出浴的女孩的脸，没有脂粉的沾染，带着点"倚门回首，却把青梅嗅"的害羞。让人忍不住想摸一摸，指尖有女孩脸蛋般的滑润。

　　树叶远远看去，是红艳艳的一体，走近了，才能发现这红不那么纯粹，是分层次的，介于红黄之间。就像温和静默的女子，非得你抱着珍惜的感情，亲近她，才能在一晕羞色中辨别出这一片叶子与那一片叶子的不同。

　　我喜欢这种不纯粹的美。美得不过分才能给人亲近的勇气，令站在它面前的人也不至于自惭形秽。

　　甘山有个羊十八岭。像所有的民间传说，神仙总是善良的超人，能解决凡人无法解决的困难。相传在很久很久以前，老百姓在甘山修建祖师庙，苦于山高路远，砖瓦木材运输十分艰难，工程进展缓慢。神仙发现后，体恤众生，派十八只神羊夜间帮助老百姓驮砖运瓦。祖师庙建成后，神羊留恋甘山美景，化作十八座山岭依偎在甘山脚下。

　　同行者中有年轻人调皮，说，我们也留下，好不好？

　　导游小姐不搭腔，只是笑。她脸上飞出红霞，也如那满山的含羞的叶子。

到蝴蝶谷的时候。导游小姐说，现在不是蝴蝶翩飞的时令。每年的六至八月，蝴蝶成群结队地赶来这里狂欢。

据说，这里曾有一个美丽的女子，不愿屈从于她不喜欢的权贵，宁可自焚。火光冲天中，她化作蝴蝶。每年谷里鲜花烂漫的季节，她都要回到故乡，带着蝴蝶姊妹在这里起舞，演绎一季的"蝶恋花"。

导游从她的包里拿出蝴蝶群舞时的图片。果然，绚丽斑斓，舞姿翩翩，分不清挤满山谷的是花还是蝶。整个山谷犹如仙境，有着巫术驱使般的神秘。照片拍得那么好，我们都屏住呼吸，唯恐惊动了画面上蝴蝶翅膀的扑闪。

大家都呼遗憾。导游小姐说，正因为遗憾，也就留下了悬念，甘山等着你们来圆一个迷人的蝴蝶梦呢。

我是一个贪婪的人。很小的时候，对别人家的好东西，在羡慕之余，总是窃自怀着据为己有的幻想。虽年岁渐长，多了一些理智，仍不甘心空手而归。下山的路上，我在漫山遍野的红叶中捡了几片。红的，黄的，红黄相间的。拿纸巾吸干叶面的雨水，小心地放进背包，让它们与装满了甘山美景的相机做伴。

回过头，看了又看。喜欢别人的东西，却无法掠走它，只能远远地观望，为它祝福。就如我对甘山，唯有不爱那么多，只爱一点点。

甘山，期望与你再见。

拜访春天

甘桂芬

　　清晨推开窗户，微雨蒙蒙如梦，潮湿的空气中混杂着桐花的清香。桃花开了，杏花开了，桐花也开了。春天已经来了好久了吧，是什么时候它已经化作了柔风和云雀，是什么时候它已经吹绿了树叶和芳草。

　　"自在飞花轻似梦，无边丝雨细如愁"，春光尚有无限，我怎可辜负了这烟花万重，拉开房门，我要走下楼去拜访春天。

　　细雨如烟，轻轻的晨风送我来到秧苗青青的郊外，湿润的路面上纤尘不动。碧油油的春草在微雨的沐浴中尤其显得青葱轻俏，嫩绿的草色一直蔓延到小路的尽头，这些小草该是春天的脚步吧，代春天走遍它能走到的天涯海角。

　　沿着这乡间的小道缓缓前行，路边柳丝飞舞，不时拂过我的面颊，将凉凉的雨滴洒落在我身上，这是它们在招呼我呢。燕子在低垂的柳丝间喳喳地飞来飞去，是它们在捉迷藏吧。还有那一阵阵微风送来的断断续续的残笛，笛声并不悠扬，可能是哪个初学的少年在郊外的练习。我张目四望，找不到那个吹笛的孩子，飘忽的雨丝中只有我一个人在享受这无边的春色。

　　弯弯的小路旁边，柔风摇曳中有一朵纤巧的小花，瘦小得令人心生怜惜，绯红的薄薄的花瓣，镶着细细的白边。孤零零的一枚，身旁没有一个伙伴，我不知道这朵花的名字，恐怕它根本就没有名字吧。它不明丽也不鲜艳，既没有牡丹的富贵，也没有玫瑰的妖冶和娇媚，它不过是一朵不足为人道的小花罢了。在这个偏僻的小路旁，寂寞地开放，永远不会有寻名访胜的人来赞叹，也不会有蜂围蝶阵来恭维，谁会留意到它的存在呢？

　　女孩子总是爱花的，我对它的怜爱里多了一份敬重。因为它面对冷落的坦然，寂寞地美丽，再寂寞地凋零，并不乞求别人的理解和重视。也因为

它这么尽职尽责这么慎重地迎接一生中唯一的春天。仅仅因为它也是春天的一个孩子，就努力地为春天增添一抹色彩，一缕芬芳。

每一朵花只能开一次，所以它就小心地不会走错一步，不敢错过了等待一世的春天。我们每一个人何尝不是一朵花呢，在人生的春天里我已经走过了大半，以往的日子里我是否有太多的疏懒和忽视。诚然，阳春布泽，万物生辉，这所有的阳光和雨露并非单为我而来，可我毕竟也受了它的恩惠，我怎敢不谨慎地经营好我春天里的每一个日子，尽我的可能去开放自己，释放出青春的光彩呢？我要无愧于施与我阳光和温暖的春天，更要无愧于短短人生中的自己。

雨不知道什么时候已停了，继续倘徉在绿色的原野上，任清新的风扬起我的头发。时间过得好快啊，不经意间瞥见西边的树梢上红红的太阳，我不由惊诧于它今天离得这样近这样亲切，不复有以往的眩目与威严。此刻我觉得这一切似乎都是特地为我而设的，天地、太阳、春风、碧草，所有的一切，都是为我一个人精心准备的，刹那间心头涌起一股受宠若惊的感动——谁说我不也是太阳最宠爱的孩子呢。

天色将晚，我该回去了，依依回首，看见远处的树枝上挂着一只色彩斑斓的硕大的蝴蝶，不知是哪个放风筝的孩子移落的，这该是他送给春姑娘的礼物吧。

骑车回到归家的小巷，一朵桐花悄然从头顶划落，飘入我的车篮中。捡起它放进嘴里轻轻吸吮，一股甜甜的清流直入心底。

"年年岁岁花相似，岁岁年年人不同。"韶光易逝，青春易衰，新的一年里我该为自己订一个春花般崭新明丽的计划了。

春日梨花

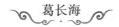

葛长海

　　春天又带着它的香色和温暖来到小城。一切都有生气,只有我们这些临近高考的学生还冻在冰里。

　　年后的一段日子里,班上的学生越来越少,好似深秋柿子树叶,早上起来看时依然葱茏,其实夜间不知又凋零了几枚。

　　由于种种原因,我们班同学的基础普遍比较差,父母师长的企盼与成熟的困惑一齐压向我们,而我们又很难想象高考之后的结果。于是,笑容在春天里凝固了。

　　女孩子爱花,在这种环境与氛围中也不能打消她们对美的渴望。这天,一个恬静而忧郁的姑娘望着窗外自语道:"梨花快开了。"

　　我心中一颤。我不是那种见到月缺花残就黯然泪下的人,可是听了她的话,我还是不能自抑。那天下午,我冒着绵绵春雨回到老家,回到了我童年曾经嬉戏的果园。

　　梨花未开,树枝却已泛青,我在果园里徘徊了许久许久,最后随意折了一把梨树枝匆匆返回学校。

　　这些树枝黑不溜秋,上面有一些大米粒般的小花苞。我把这束树枝插进一个盛了水的罐头瓶里,放在教室最前面的窗台上,然后告诉每一位同学:这是梨树枝!

　　同学们好奇了一阵子,却都没在意,我知道他们和我一样,满脑子都是命运、机遇和困惑!

　　两天后,树枝最下面的一个花苞开了。那位恬静而忧郁的姑娘惊喜地告诉我,她是今天第一个进教室的,她最先嗅到了一股淡淡的馨香,然后看到了一朵悄然独放的梨花。她说她当时的感觉是双眸为之一亮,整个精神

为之一振,像是有一曲无声的音乐荡漾在心里。

　　此后的几天里,大家在课前与课间都要围着这束梨花小声谈论一阵子,脸上的冰霜逐渐在春天的海里消融了。

　　这束梨花的花期很短,不管我们如何精心地呵护,它从最初的开花到最终的衰败只维持了短短的八天。八天,我不知道大家的心情如何,我是非常满足了。因为这束梨花悄悄地告诉我们:春天离我们并不遥远。

　　那年我们都落榜了,但我能感觉到我们都尽了自己最大的努力。不管结果如何,我们都不会有太多的遗憾,就像那束离开土壤的梨花一样,尽管没有结果,毕竟——毕竟它在春天里也曾相当美丽地开放过。

茶 韵

傅彩霞

从来佳茗似佳人。

少女苏雪自小到大从未仔细地品尝过茶,结婚那天,她却因茶名声大振。

雪舞飞扬的冬日,是苏雪出嫁的好日子。按照当地的风俗习惯,装扮一新的新娘在出娘家门时,是要吃宽心面的,寓意着婚姻长久美满,一生平安。粗细均匀的手擀面,用细细的葱花爆锅,葱油味道不紧不慢地袅袅围绕,更给喜庆的日子涂抹上了神秘色彩。

母亲亲自端来葱油宽心面,用一端系了红绸的筷子,轻轻夹起长长的面,苏雪望着母亲,又目不转睛地凝望着整碗的面,说:"娘,我只想喝一杯碧螺春。"女儿唯一的出嫁要求,母亲哪有不答应的道理呢?

爷爷回屋将舍不得喝的碧螺春递上,母亲只轻捏了一小撮,小心翼翼地泡好。苏雪将第一杯洒向院子,茶汁瞬间被厚实的土地吸干。围观的亲戚朋友看着倒掉的茶汤,心疼地叹息:"可惜了这上等的好茶!""你懂什么!苏雪在敬土地爷呢!"不知谁首先替苏雪作答。苏雪喝下三杯,不由地被碧螺春嫩绿隐翠、叶底柔匀、清香幽雅、鲜爽生津的绝妙韵味所倾倒,感觉自己好像一杯苏醒的香茗,已穿越了时空,怀了阳光的心,跟随着新郎王祖祥,清香上路。

憨厚的父母一边抹泪,一边目送着心爱的女儿越走越远。不动声色的爷爷默默地把半桶碧螺春悄悄地塞进了苏雪红色包袱的嫁妆里。

从此,苏雪成了王屯村的媳妇。一迈进王祖祥四面楚歌,一贫如洗的家,苏雪的心犹如浸泡的茶,上下翻飞。

苏雪舍不得把爷爷的碧螺春全部喝掉,每次都只取少许,淡淡清香,袅

袅升起,有如她此时此刻的心情。日子在碧螺春起起伏伏的浸泡中一页页掀过。苏雪嗜茶,这是王屯村公开的秘密。男女老少皆知。喝了茶的苏雪仿佛被注入了新的生命活力,好像换了个人一样,浑身有使不完的劲。汗水流出的都是茶的清香。时间久了,大家开玩笑地叫苏雪"茶仙女"。她能无师自通地品出全村的茗茶,高低档的均能说出一个一二三。苏雪骨子里带着茶韵。

第二年,庄稼大丰收,苏雪和王祖祥小夫妻起早贪黑,忙里忙外,偿清了所有债务。紧接着几年,省吃俭用忙活着储存木料、砖瓦、打地基、三间红砖瓦房在这偏僻的小山村隆重地落成了!苏雪经常挂在嘴边的一句话就是:"人生就像一杯茶,不会苦一辈子,但总会苦一阵子。"

转眼之间,一双儿女长大成人,各自成家立业。苏雪的白发已与当年偷塞给她碧螺春的爷爷一样雪白了。身板硬朗如昨,皮肤白里透红,精神异常矍铄。王屯村人竖着大拇指啧啧称赞地说,中国茶是个好东西,你看人家苏雪用茶养的。全村男女老少仿佛中了邪似的,都开始尝试着仿效苏雪喝茶、品茶、嗜茶,好像不喝茶就不与时俱进似的。头脑精明者不愿看到王屯村人去城里买茶,便开始了茶生意,不久,王屯村发展成了远近闻名的茶叶批发市场,买卖兴隆,茶韵飘香。

那一年,王祖祥病故,苏雪执拗不过孝顺的儿子,被儿子儿媳接到了城里。细心的儿子购了各式各样的上等好茶,放置在苏雪的眼前,还领着苏雪到风格各异的茶馆,欣赏独具特色的茶道。操千曲而后晓声,观千器而后识剑。苏雪经常听儿子对他的朋友们说,沏茶、赏茶、闻茶、饮茶、增进友谊。喝茶能静心、静神,有助于陶冶情操、去除杂念,小时候,我就看母亲喝茶,所有烦恼事统统被抛(泡)掉!苏雪十分欣慰,这与她在乡下喝茶有异曲同工之妙。她总是喜欢一个人,或在旭日冉冉的清晨,或在烈日炎炎的午后,品一杯茗茶,安静地想自己的心事。苏雪经常一边手握一杯茶,一边感叹,光阴好像长了翅膀,飞走了,自己真的老了!

弥留之际,苏雪时而清醒,时而混沌,儿子把耳朵紧紧贴在她的嘴边,隐隐约约听到她说想喝茶,便把普洱、红茶、铁观音、碧螺春……一一泡好,摆在苏雪的病床前。苏雪未睁眼,伸手指向碧螺春,儿子慌忙给她端起,苏雪依旧闭着眼睛陶醉其中,缓缓而品,片刻,她用劲全身力气说:"好——茶!"所有在场的人都清晰地聆听到了掷地有声的赞美。

生命最后的遗言,飘着茶韵的余香。

打　鸟

刘·林

　　这只鸟就在打鸟人的枪口瞄准它扣动扳机时，从这棵树飞到了那棵树上，这只鸟每次把逃生的时机都把握得恰如其分，枪子几乎是擦着它的身子飞过去的。

　　这才叫临危不惧。

　　打鸟人想起自己跟王小淖的事，处处被动处处挨打，那有这只鸟的半点风度。

　　打鸟人实在琢磨不透这只鸟！这只鸟没有被一次次的枪声吓倒，没有从他的枪口下逃之夭夭。这只鸟一次次放弃了逃生的机会，也一次次赢得了生命。

　　他还是第一次遇到一只谜一般的鸟。

　　这只鸟高傲地站在树上，永远用一双冷峻的黑褐色眼睛扫视着他。

　　打鸟人被这只鸟激怒了，心里有些发毛，这只鸟居然一点拿他不当回事，给了他侮辱与嘲弄。打鸟人眼前晃动着下属们那一张张谦恭卑怯的面孔。

　　在单位里，下属们不是叫他 1 号就是喊头。打鸟人莫名地笑了一下。

　　妈的，不能让一只鸟给扫了威风。我要让枪口征服你。

　　这只鸟飞到另一棵树上，这回打鸟人并未举起枪，他冷眼打量着这只鸟，这鸟和平常的鸟没什么两样。打鸟人突然举起枪，胡乱地放了一枪。树叶纷纷扬扬地落下地来。打鸟人以为这只鸟会飞走，没想到这只鸟泰然自若地伫立着。

　　打鸟人愣了一下，他不知道鸟是他的猎物，还是他成了鸟的猎物？这跟他目前的处境非常契合。当年他与一身女人味的王小淖不期而遇，王小淖

143

的美丽让他心动了又动,他向王小淖发动了猛烈攻势,王小淖最终成了他囊中的猎物。现在,王小淖向他下了最后的通牒,限他在三个月内离婚,跟她结婚。否则他和她的关系将大白于天下。

现在他反过来成了王小淖的猎物。

打鸟人又举起了枪,这回他的枪口瞄准了这只鸟,却引而不发。他一定要主宰这只鸟的命运。打鸟人的手扣在扳机上,他可以随时扣动扳机,也可以永远不扣动扳机。打鸟人让这只鸟捉摸不定,从他这里找不到何时开枪的答案。

打鸟人在琢磨着这只鸟。一旦那只鸟放松了警戒,子弹就会准确无误地飞向它。

这只鸟也在琢磨着他。

现在他和王小淖在一起,他要处处设防着王小淖,王小淖也在提防着他。他发现王小淖并不像他当初想的那样简单,王小淖是个很有心计的女人,王小淖的心机还藏得很深。她已让他身不由己地落进陷阱里。

打鸟人猛地扣动了扳机,没有给这只鸟一丝一毫逃生的机会。没想到这只鸟还是在枪响的同时飞走了,飞到了前方的一棵树上。

打鸟人有些失望,他不知道这只鸟是如何做到未卜先知的,就在他扣动扳机的那一刹那间逃生。

这只鸟看着打鸟人,眼神里透着冷峻和不可侵犯。打鸟人与这只鸟的眼神相遇时突然打了个寒战。打鸟人突然明白了,这只鸟利用了他的弱点来战胜了他。王小淖也利用了他的弱点,他和王小淖的关系不仅见不得阳光,还有他那些受贿的事,王小淖也了如指掌。这些都是他的致命弱点,一个人的致命弱点一旦掌控在别人手中,那只能注定是别人手中的棋子。

对这只鸟来说,打鸟人的一双眼睛就是它眼中的致命弱点。在打鸟人将要扣动扳机之际,这只鸟就先从打鸟人的眼睛里洞察到了。这只鸟总能在枪响之际镇定自若地飞走。

打鸟人对这只鸟有了莫名的畏惧,这只鸟不仅洞察了他的灵魂、欲望,还似乎洞悉了他的一切……

就像王小淖,她在他心中留下的更多的是害怕与畏惧。

打鸟人的枪口又瞄准了这只鸟。他出生于警察之家,打小对枪着迷,后来当了一段时间警察,练就了百发百中的好枪法。这几年他常到山林里打鸟,他想打下哪只鸟,这只鸟就不会再有第二次生命。

但眼前的这只鸟却是个例外。

打鸟人的枪口瞄准了这只鸟后，他索性闭上了眼睛，然后又猛地扣动了扳机。他如释重负地吁了口气，这只鸟这回一准丧命了。打鸟人睁开眼时，这只鸟正站在前方的另一棵树上。

这只鸟正看着他。冷峻的眼神让打鸟人不寒而栗。打鸟人重重地叹了口气，他心底的欲望太重了，这只鸟洞若观火，从容自如地应付他，甚至操纵他。

打鸟人有些丧气，无奈地看了这只鸟一眼，打算放弃这只鸟，远离这只猎物。这只鸟仿佛在制造一个陷阱。

打鸟人转过身，往树林的另一个出口走去。

王小淖绝不会放弃他这个到手的猎物，他得尽快找到王小淖的致命弱点，才能反败为胜。

打鸟人的目光突然触到了眼前一棵树上的一处鸟巢。打鸟人心中一动，他突然明白了这只鸟的致命弱点在哪儿了。

打鸟人回转身，快速返回原处。打鸟人在第一次与这只鸟相遇的那棵树上找到了一处鸟巢。

这处鸟巢就是这只鸟的致命弱点。

打鸟人眯着眼睛，枪口瞄准了鸟巢。

这只鸟突然出现在打鸟人的视线里，它凄凉地叫着，哀伤地扫视着打鸟人。

打鸟人慢慢地将枪口对准了这只鸟，他猛地扣动了扳机。

这只鸟凄厉地叫了几声，身子从高高的树上坠落下来。

打鸟人听见鸟巢里传来几只小鸟此起彼伏的回应声。

打鸟人垂头丧气地走过去，双手捧起地上的鸟，这只鸟用哀伤的眼神看着他，然后紧紧闭上那双黑褐色冷峻的眼睛。

打鸟人没有丝毫的喜悦，觉得自己变成了这只鸟的猎物。

鸟巢里几只小鸟凄惨的叫声让打鸟人想起了女儿，每次他和妻子吵架离开家时，女儿用一双哀愁的眼睛唤着他。

打鸟人擦了擦眼角的泪水，用随身携带的刀子在大树旁挖了个坑，然后小心地把这只鸟埋了。

风,从村庄吹过

秋子红

　　那时候,我们正在村庄外面西壕岸上的庄稼地里锄玉米。锄玉米是个轻省活,既不像割麦挖玉米那样吃力受热,又不像拉土拉粪那样忙碌脏累,一把锄头握在手中,稍稍用些力,锄头上下挥舞间,一片刚刚间过苗的玉米地,呼呼几下就锄过去一大截。

　　一股风,就是这时候从远处镇子上的方向吹过来的。

　　呼呼呼,像从远处跑过来一群马匹,风,漫过一大片刚刚收割过麦子的麦茬地,西壕岸上的玉米地很快就沉浸在风声的吹拂中。一棵棵玉米苗,像是被人推搡着的孩子,长长的墨绿色玉米叶子沿着风吹拂的方向摆动、摇曳着,怎么立都立不稳;风吹落了父亲头上的草帽,在父亲弯腰捡草帽的时候,我猛然看见,父亲的头上,早已像下过一夜雪一样,笼罩上了一片炫目的白色;风吹在身边正锄玉米的姐姐的身上,刚过二十岁的姐姐,像一棵正飘天花吐缨子的玉米,成熟饱满的身体,一下变得凹凸有致起来。

　　我将锄把靠在肩膀上,一张脸,迎向风吹来的方向。风,吹在脸上,像一大块柔软的丝绸,很快就吹干了我脸上的燥热和汗味,我的眉毛、嘴巴和鼻子浸在风中,像泡在一盆温吞吞的凉水中,它们很快就变得清爽、舒服起来。等我睁开眼睛,回过头望去,风,早像一群奔跑着的精灵,从玉米墨绿色的叶子上踏过去,穿过村口的一条土路,一溜烟就一头钻进了村庄,在村庄的树顶上、麦场上的麦草垛上留下风走过的痕迹,就沿着街巷穿过了村庄,最终又一溜烟吹向了远处……

　　这是我一生中少有的一次看见风,感觉到风。其实,不管我看见没看见,感觉到没感觉到,风,一直从村庄吹过,没有人能够挡住风,像是浇地堵水口一样,用一把铁锨一锨锨土块阻挡住水。

风，一年四季从村庄吹过，村庄沉浸在风中，像是挂在树枝间一只小小的鸟巢。春天的风轻柔，酥软，一阵风吹过来，麦地就绿了，油菜花就黄了，一阵风刚刚走远，麦子就扬花了，油菜花就落了。夏天的风热烈，火辣，一夜风吹熟了一坡麦子，一夜风带来一场雨，让玉米一棵棵从麦茬地里长出来。秋天的风饱含着谷禾成熟的气息，将玉米送进了村庄，又将麦子一颗颗送进了泥土中。冬天，刀片子一样吹在人脸上火辣辣疼的西北风刚刚吹进村庄，整整一年快要过去了。

风，吹拂着村庄，一些房屋破旧了，一些院落荒芜了，一些人盖起了新房筑起了新院落；一个个孩子，在风中跑着跑着，一夜之间就长大了，风，将他们没有愁苦的少年时光，吹进了内心，成为许多年后时时从心灵深处泛涌出来的甜美回忆；一个个女子在村庄里默默长着长着，不知不觉间，在风里长成了一朵花，风将她们像一粒种子一样从这座村庄吹进了另一座村庄，开花结果，生儿育女；有些人在村庄里走着走着，忽然一下不见了，风将他们从这个世界一下吹到了另外一个世界，风，将他们的一生从尘世上吹走了。

我们阻挡不住风，风，在我们看不见的时候，不停在村庄里吹拂着，将一些房屋吹旧，将一些梦吹断，将一些往事吹深，将一些人影从心上吹远，将一些记忆从记忆深处一点点吹走，将一些人不知不觉间吹老。

我们从没在意过风，就像我们活着时从没想到过死亡一样，就像我们年轻时从没想象过年老一样，直到有一天，一股我们的生命无法抵御的大风吹过来，我们像一片树叶一朵花瓣一粒尘土一样飘在风中，我们才明白，我们的生命，绝对无法像村庄里的树木，用根须牢牢地抓住泥土，就能在一年四季风声的吹彻中，将自己留在村庄。

许多年前，在我年轻的时候，总是梦想着自己这辈子有许多辉煌、伟大的事情要做，许多年后，我才明白——

面对吹过村庄的风，在这个世界上，我唯一要做的事情其实只是像村庄里的树木用根须抓住泥土一样，用双手紧紧抓住阳光、微风、空气、雨水、麦子、玉米和我的亲人，不要让风将自己从村庄里一下吹走。

红太阳

胡天翔

秋收了,秋播了,南地北地的小麦都种上了,没想到父亲让我去犁东窑厂的那块坡地。油灯昏黄,我刚端起红薯茶,父亲的空碗已放在桌上。

明早,铁头家的小猪出圈,我去逮猪娃,亮子和丽子去犁窑场的坡地,好种燕麦。父亲的饭量大,吃得也快。

我没犁过地,我怕犁不好。我说。

犁不好也得犁,我十二就会犁地了,你都十四了,还没扶过犁把能中。父亲说。

学着犁嘛,犁个差不多就中。母亲说。

犁多了就会犁了,谁能生下来啥都会干啊。奶奶也说。

一家人都让我去犁地,我还能说个啥。

父亲和母亲在东间住,奶奶、我还有丽子在西间睡。

奶,俺大十二岁就会犁地了?我不信父亲说的是真的。

是哩,你大还没有犁把高,你爷就让你大和你二叔去犁地;你大扶犁,你二叔掌鞭,地犁得像老母猪拱的,你爷还用鞭竿抽你大的屁股。奶奶说。可怜,你大一学会犁地,你爷就不让你大上学了;和你四个叔叔两个姑姑比起来,咱家数你大吃的苦多哩。提起往事,奶奶说着说着就要掉泪。

咱大会骗你嘛,我看你比犁把还高哩,让你犁个地问这问那哩,我要是男孩子,我就扶把了。

妹妹也来说自己,我还能说个啥。

一大早,家里人都起来了。奶奶端出一碗麦子喂鸡,母亲在压水洗红薯,妹妹洒水扫院子。父亲把犁子和牛套从牛屋里搬出来,我把老牤牛牵出来。父亲把牛套挂在犁子上,给老牤套上牛套。我扶着犁把,丽子拿着鞭

148

竿,老牤牛拉着犁子出了院子。

慢慢犁,不要急,我逮了猪娃就去喊你俩回来吃饭,不耽误上学。父亲拿着一个破化肥袋子,朝铁头家走了。父亲想去早点,逮个欢实的好猪娃。好猪娃能吃食,长得快。

在村头,我碰见了杨红旗的父亲杨铁柱。杨铁柱胳膊肘里夹个破化肥袋子,叫道,亮子,你会犁地了,比红旗强多了,兔崽子还没有摸过犁把哩。

我不会犁,俺大非要我犁。我说。

亮子,你去犁地,你大是不是去铁头家逮猪娃了。杨铁柱问。

听到我说是的,杨铁柱急急忙忙地走了。我想他是怕去晚了,逮不住欢实的好猪娃。

村庄和田野都笼在雾里,路上浅浅的犁痕停止了延伸。坡地到了,我提着犁把,犁铧钻进了土里。

哞——,老牤拉不动犁子,叫了起来。急慌啥,有你下劲的时候。我说。捋捋袖子,我把犁子从土里提出来一点。

喔——,我学着父亲扯起了长腔,可那尾音一滑,在空气中就消失了,老牤牛没有拉着犁子走。丽子,你看啥哩,抽它!我说。

啪!妹妹在老牤牛屁股上来了一鞭。挨了一鞭,老牤低头向前猛地一挣,犁铧划过一点地皮,一下子从土里钻了出来,我没有扶稳,犁把差点脱了手。

吁——,我扯紧了牛绳,又把犁铧按进土里。老牤牛拉着犁子向前走,我手忙脚乱地犁着,就是扶不好犁把。犁铧入土深,老牤拉着沉,走得慢;入土浅,犁铧只划了一点地皮,地犁得不匀称。快一阵、慢一阵、深一犁、浅一犁,我别别扭扭地跟着犁子走。我这样犁,老牤牛也不适应,犁铧吃土一深,它就哞哞地叫着,像是表达着不满。

天亮些了,雾薄成丝丝的白纱。在窑场打工的村里人来了。他们拿着木锨、铁锹、钉耙,推着架子车走在大路上。

你看胡一民家的孩子多能干,这么早就来犁地。杨林说。

亮子真不赖,会读书,再学会犁地,能文能武哩。麻子爷爷说。

二叔也来了。看了一会儿,二叔要过我手里的犁把。连鞭竿都没拿,二叔吁吁喔喔地赶着牛犁了起来。到了地北头,二叔把犁子还给我。别急、放松、带点劲压着犁子走,二叔说。二叔朝一个大土堆子走了。土堆子下是制砖机,二叔在拉板车。

东方有了红光，太阳从轮窑上闪出了半个脸。

嘟嘟！嘟嘟！嘟——，柴油机响了，声音震耳欲聋，制砖的工人开工了。

嘣——，牛套断了，正犁地的老牤牛受了惊，撒开蹄子跑起来。我紧紧抓着绳子，被牛牵着跑了起来，连鞋都绊掉了一只。快到村口了，老牤牛才停下，被我牵了回来。

丽子拿着鞭子站在地头，我的鞋已经捡回来了。地，还得犁。老牤牛还是害怕柴油机的声音，一步也不肯往前走。我大声地吆喝，不走；丽子一鞭鞭地打它，还是不走。后来，我让丽子在前面使劲拉着牛绳，牛绳扯紧了牛鼻子，老牤牛护疼，才不情愿地拉着犁子，一步步地往前走。

湿的泥土，在犁铧上翻滚、打转，终又滑落。一圈，两圈……最多还有一圈了，我看见父亲来了。父亲背着手，沿着大路走了一段，又折了回来。父亲让我停下来。父亲要过丽子的鞭竿，抖了抖。看见父亲抖鞭子，我吓得心怦怦直跳：父亲嫌自己犁得不中，像爷爷拿鞭子抽他一样抽自己。父亲却把鞭子插到地上，从衣兜里掏出盒红花烟，抽出一根，点着了。你俩先回家吃饭吧，别耽误了上学，我把没有犁好的地方再冲冲。

父亲吐出了一口烟。我长出了一口气。

太阳完全出来了。在村口，我看见轮窑之上的太阳像一眼又圆又大的喷泉，一道道霞光像溪流一样不断地从泉眼里涌出来，染红了东方的天空。我看见父亲和老牤牛也是红的了。

我记住了那个秋天的早晨，也记住了那个太阳。

那是一轮红太阳。

毛竹的心思

天 水

这次小小的测试，虽然不关紧要，但作为班主任的她看得出，同学们士气都很低，任凭她苦口婆心劝大家说老师我不会以成败论英雄，大家更不要在意平时的一次两次失败。只要努力了，基础打牢实了，将来不仅成绩会上升，就算立身社会也会有用武之地。

可同学们却不这样想，他们认为，这次是升入高中的第一次月考，老师虽然口上说没有关系，对自己的印象却会很深。

她似乎看出了同学们的心思，看出了同学们的心思的她，也陷入了深思。

不行，新的学习才开始，不能让孩子们失去信心，孩子们一旦对学习失去信心，接下来的三年班主任工作难做事小，误了孩子们的青春事大。

想起这些，一向温和的她，心里突然有一股无名火直冒，这股无名火让她不由自主地扬起平时只作为一种道具的手中的教鞭来。

教鞭狠狠地从空中砸下，还未接触到讲台，她突然看到自己手中的教鞭在空中划出的弧线是多么美丽，这道美丽的弧线告诉她应该怎么开导孩子们。

她停下今天要讲的新课，让同学们来认识一下自己手中教了几届师哥师姐的教鞭。她要同学们把教鞭的特性优点向她讲一讲。

教鞭是毛竹制作的。同学都抓住教鞭的主要特点。有同学说，竹子长得笔直，品质高洁，有同学说竹具有谦虚的特性，有同学说竹枝杆挺拔，修长，亭亭玉立，袅娜多姿，四时青翠，凌霜傲雨，备受我国人民喜爱，有"梅兰竹菊"四君子之一、"松竹梅"岁寒三友之一等美称。有同学想到竹笋可食，嫩竹叶、竹茹、竹涩，可作药用。竹材质坚韧，富弹性，大量用于建筑、农用、

家具制作和生活用品等。有同学甚至联系自己的学习说要像竹一样谦虚，像竹一样时时小结总结自己。

这些特性同学们都说得很对，但更重要的一点，作为老师的她今天让同学们了解更清楚。

于是，她把同学们带到了后山的一片竹林中，她先把同学们带到她刚送毕业的学生们亲手栽的竹子面前，只见这些竹子不但丝毫没有长高，叶子都很凋凋零零少得可怜。她再让大家参观六年前的师哥师姐们栽的竹子，只见毛竹秆高，叶翠，四季常青，秀丽挺拔。

她问同学们，为什么同样的土壤却生长出不同的竹子？同学们都说不出原因来。

于是她就讲起一个小故事，她家的房子紧邻大山，房后的山坡是年年下雨年年垮塌，全家人最害怕每年的雨季来临，父亲每年都为防堤费尽了心思，用土垒过，用石砌过，甚至高科技的水泥砂浆、钢筋混凝土都派上了用场。费了不少人力物力，但一旦雨季来临还是提心吊胆，提心吊胆过后又得继续防堤。再坚固的防堤工事都管不了一二年。

后来父亲不知从哪里弄来了很多毛竹，在后山坡上遍种。出人意料的是，屋后的山坡再也没有垮塌过。

原来毛竹是一种堪称奇特的植物。它的生长过程可谓自然界一大奇观。该竹在种植期前五年丝毫不长，到了第六年雨季到来的时候，它竟以每天六英尺的速度向上急窜十五天左右，最后大约可以长到九十英尺高，并成为竹林中的身高冠军。而且更为奇特的是在它生长的那段日子里，处在它周围方圆十多米内的其他植物便停止了生长，等到它的生长期结束后，这些植物才又获得了生长的权力。在好事者"寻根问缘"的过程中这一奇观的谜底被揭开。原来它前五年不是没有长，甚至没有少长，只不过是以一种不易被人们发觉的方式在生长——向地下生根。经过五年的地下工作，一株还未向上发芽的雏竹的根系竟然向周围发展了十多米，向地下深扎了近五米，真可谓"博大精深"。这样的生长方式不仅为它五年后长高打下了坚实的基础，同时还悄悄地"侵占"了周围其他植物的根系发展空间，使它们无法获得生长所必需的水分及养料，所以在第六年雨季到来的时候它能够几乎以资源垄断的方式独自急长，而此时周围的其他的植物只能望天兴叹，眼巴巴地看着它生长。

故事讲完，她再次提问，同学们都知道几届师哥师姐们所栽的竹子为什么长势会有如此大的差距了。

　　她说，这种竹子正像现在求学的同学们，请大家别在意一次两次的成败，只要努力，终有长大成才，对社会有用的时候。

　　她甚至以师哥师姐的例子，现身开导同学们。师哥张三平时成绩一般，但最后一年成绩突飞猛进，考上北大。师姐李四，学习成绩虽然平平，但她刻苦用心在美术上，最后以专业成绩第一的成绩考上不错的美术学院。

　　课后，她要求同学们像师哥师姐一样，每人在学校后山上植一株毛竹，等到毕业后或工作后，大家学有所成，事业有就的时候再次回母校定能看到一株竿高，叶翠，秀丽挺拔的竹子。

　　通过这次现身说教，同学们的精神面貌和学习积极性有了一百八十度的改观。

明星的毁灭

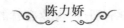

陈力娇

　　四个人一起向深山走去,他们的目的是想到那里采不老芽。不老芽是一种没有污染的山野菜,小峰的妈妈非常喜欢吃,所以他们预备着采很多很多的不老芽,送给小峰瘫痪的妈妈,然后他们就归队,射击队还等着他们参加全国锦标赛呢。

　　小峰是这四个人当中唯一一个带枪的,却是一杆猎枪。出来时本来他们不想带,可是小峰的妈妈说,还是带着好,一旦遇上猛兽她也好不担心,他们觉得有道理就把它带了来。

　　他们四个当中只有小峰的射击本领低些,小前,小仪,小童都比小峰强,射击打靶从来都是九环以上。但是小峰从来不心酸,他就是喜欢射击,哪怕打零环他也还是喜欢射击,射击的首要武器就是枪支,所以小峰不论不喜欢什么也不会不喜欢枪支。

　　大山渐渐向他们靠拢了,大山外面的不老芽也很茂盛,但是他们都没有意去采,他们的潜在想法,还是想向深山进军,深山有着无穷无尽的诱惑,有着无穷无尽的向往,也会有无穷无尽的不老芽。

　　有那么一刻小峰欢喜极了,因为他看到了另一座山的半山腰有一只猴子。在这一带看到猴子也不是常有的事,但是小峰不觉得稀罕,因为他的家在山下住了不下十年,不像其他的三个伙伴,特别是小童,他连真猴子都没看到过,他不可能不觉得猴子可爱。

　　小峰自看到猴子那一刻起,他就留了一个心眼想打死那只猴子,他瞄了几瞄,终因距离太远而放弃打算。小童对小峰的举动总是报以另一种态度,他说,小峰,爱护大自然呀,别犯错误,不然我们都回去。小童一说回去,小峰就不敢再造次了,他和小童住同寝的上下铺,平时小峰还指着小童在射击上教他怎么突破呢。

小童他们在前面走，他们已经到了半山腰，半山腰有一块稍平坦的地，不老芽就疯了一样往出长，小童他们就在这里停了下来，他们把自己的衣服脱下来，准备承载更多的不老芽。

小峰总是不甘心把精力放在不老芽上，他的背后是座高山，他试了几次后还是趁人不备攀了上去，可是攀上去的小峰却没有当时想攀上那座高山那么得意，他刚在一棵树旁站稳，立即有一只手臂从树上伸了出来，紧紧地勒住了他的喉咙，是小童最先发现那不是人的手臂，而是一条蛇长长的脖颈。小童发现后，小前和小仪早就吓得面无人色。那条蛇是一条有成人胳膊粗的蟒蛇，它的力量和智慧一点都不照小峰差，它用它巨大的身子把小峰缠紧，头却向树干的另一方伸去，小童看得出来这条蛇是在暗暗用力，它想让小峰窒息并且把他绑在树上，小峰已经喘不过气来了，这条蛇再有三分钟足以要小峰的命的。小仪对着小峰喊，把枪扔过来，小峰！

可是小峰已经没有多少力气扔枪了，他的脸有些发红，气都喘不允了，他只能把枪丢在地上，然后用他的一只脚踢了一下那猎枪，他踢这一下还不如不踢了，因为枪的方向离蛇头更近了，是小前冒死躺在地上用一只脚把枪勾了过来，然后小仪把枪拽过去就要向蛇开枪，小峰用它那几乎说不出话的嗓音对小仪说，让给小童。小峰的声音已经变成沙哑的老头儿，但他明白只有小童能准确地胜任这项没有把握的工作。

小峰的话提醒了小仪，他知道在这关键的时候，只有小童的稳实会起一些作用，虽然他们的枪法一样准确。

被推上战场的小童此时可没像他们想的那样，小童是个很胆小的人，他选择射击不假，却从来没伤害过无辜的生命。他小时候连蚂蚁都不敢踩，长大了从来没瞄准过有生命的物种。

但是此时容不得小童多想了，刻不容缓让小童没有了选择的机会，他接过小仪手中的枪，绕到树的另一头，却发现他的手抖成一团，小仪喊，小童，前面就是靶心，稳住神，气定神闲！

小仪的话起了作用，小童经过两秒钟的休整，枪响了，那个高举着的巨蟒的头终于折了下来，那蛇身也像一根松紧带一点点在小峰的身上松懈了。

一场虚惊结束了，大家都松了口气，为化险为夷有惊无险庆幸。

但是此时他们谁都没有发现，拿着枪的小童把枪掉在了地上，接着他自己也像一根蘸水的挂面，一点点瘫了下去。小前小仪光顾从蛇身上拯救小

峰,等发现小童,他们唯一的办法就是必须来用指甲对付小童的人中了。

　　小童苏醒了,无伤大雅,他们也从大山中安全回到射击队了,不老芽没采成也不采了,一切损失不大。可是一周后教练宣布一条消息,说小童无缘参加这个月的全国射击比赛了,以后也将无缘射击冠军了,原因是他的手总是哆嗦,眼睛也找不准靶心了。

　　而小童自己却说,他不是找不准靶心,而是看什么都像蛇,靶心更像蛇的眼睛,他说他对那条蛇是有愧的,那蛇本就没有什么错,是小峰侵犯了它生存的领地。

模糊数学

符浩勇

清晨，我刚起身，就被窗外羊群动人的咩叫声吸引；我推门而望，外面大雾弥天，一派朦胧模糊。

昨天，我们一行俩人到达山下时层峦叠嶂，远黛凝翠，脚下小溪清澈如洗。正逢牧羊姑娘赶羊归栏，小羊羔拥聚到栏栅下的清溪去。羊一站到水边，水里就映出羊的影子。水边的羊低头喝水，水里的羊也低头喝水。它们不是在喝水，像是要亲一个嘴，嘴一亲到，羊的影子就被圈圈涟漪弄模糊了。喝完了水，羊没有马上离开的意思，而是像穿着棉红翠花衣的牧羊姑娘饶有兴致地朝我们望。我平生第一次从城里闯进山来，看到山光水色映衬下的白云飘移的羊群和火苗跳窜的红翠衣，兴奋地按下了照相机的快门。

原本想乘着晨曦再有新的收获，没想到，一夜之间，大雾遮蔽的山峦只留下淡淡的轮廓，却挡不住羊群咩咩的叫声。忽然，我发现一串红红的东西在雾气中簌簌抖动，以为是牧羊姑娘的身影，就披衣出门去追索，可走近前看，却是路上夜里从花苞里伸钻出来的山丹红。极目四野，大雾将边远的牧场罩上了一层淡淡的轻纱，让原本清晰的东西模糊起来，从而也带来一种别样雅致的美，一种蓝天日光下看不到的美。

这个埋在大西北这山皱褶里的牧场是我国稀有羊种仅存的养殖基地。其生产的羊毛质地属亚洲独有，用其制作的商品价值连城，弥珍而贵，享誉世界。民间更传谣，羊羔生吃乃仙境美肴，化癌除瘤，颇有长生不老之誉。我们此行是为世博会添彩经层层申报批准才来的。昨晚的接风宴上，从未出场过的牧场场长神秘地告诉我们，种羊的生长环境只有大雾沐浴才能得天独厚。真没想到，这一早起来，我们果真被大雾包围，可爱的牧羊姑娘早放牧离去，山野里只回荡着羊群咩咩撒欢的叫声，我不由暗暗为天公造物而

称奇惊叹:山水融洽,天人合一,大自然里一种朦胧意象的美,一种超越时空模糊的美。

读大学时,我曾经惊诧于模糊数学的概念。大凡莘莘学子,曾经何时都留有微词:数学学科原本应比任何科学都来得更加清晰,讲求精确,怎么还能有什么模糊数学呢?而一旦接触其精髓真谛,都会觉得模糊数学当是一个了不起的突破。在人类社会中,在日常生活间,在实践科学里,有着众多模糊的东西,无论如何也无法否认这些东西的模糊性。而在大自然中比如在这远山里的牧场模糊不清的东西更多,连给人的审美观念都不例外。有很多东西,有很多时候,比如雾中的羊群、跳动的山丹红都在模糊中反而显得美丽,别有情趣。而往往这个时候,观赏者有更多的自由,有更多的空间,上天下地,纵横六合,神驰于有无之乡,情注于幻象之中,你想它是任何样子,它就会成什么意象。

我们的采访中午结束,饭后要乘仅有的班车向山外走。

然而,我们谁也没有想到逢上毕生的惊遇:好客的牧场场长杀了一只小羊羔,清蒸出盘,端在简陋的餐桌上。

我们为始料不及的意外倒海翻江:不是说羊种的繁殖保护比人的性命还金贵吗?

牧场场长却哈哈一笑:你们怎可同牧羊的小姑娘一般见识?如果真要追查下来,我会说,那是被恶狼叼走的,这些年来,反正狼吃羊也是常有的事……

母亲和女儿

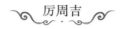

厉周吉

梅婧在澳洲留学已经三年了,年年夏天,梅婧都回来,今年母亲悠然怕女儿旅途辛苦,不让她回来。梅婧就坚持让父母去一趟澳洲,还说除了看自己,顺便旅游一下。梅婧父亲是一个大公司的总经理,根本没法脱身,能去的,当然只有母亲悠然。

悠然刚下飞机,立即被一种扑面而来的清新气息包围了,她简直忘记了旅途的疲乏,兴致勃勃地边走边望。"这有什么好看的!其实各地城市都是大同小异的!澳洲的真正特色在野外,等你休息几天,我陪你到野外看看!"梅婧说。

等几天,谁等得及!第二天,悠然就和女儿去了野外。草原迤逦起伏,绵羊成群结队,丘陵连绵到淡蓝色的天际。悠然觉得越走脚步越轻。忽然,草地中间冒出一片美丽无比的花。那是多么令人惊心动魄的花呀!碧绿的叶子,黄绿色的花茎,淡红色的花朵,简直太美了!

悠然蹲下身子,仔细欣赏着。"这是一种兰花,在国内没有这么美的兰花吧!"梅婧说。

"对呀!国内的兰花我见过几百种,从没见过这么漂亮的!"悠然正说着,一只大黄蜂飞了过来,悠然本能地向后躲避着。梅婧急忙告诉母亲这种黄蜂不伤人,所以可以继续欣赏。它围着兰花上下翻飞,过了好久才落到了花茎上,慢慢地向花朵爬去,最后钻进了花里,接着花朵就颤抖起来。

"兰花如此美丽!蜜蜂采的蜜也一定很好吃吧!"悠然说。

"是呀!可惜它不是采蜜的。"梅婧笑着说。

"不采蜜,那它在干什么?"悠然问道。

"据研究,黄蜂是被兰花的美丽吸引,误认为它是雌蜂呢!"梅婧笑嘻嘻

地说。

"疯丫头！笑什么？"悠然直盯着女儿问。

"它是在里面与兰花进行交配呢！"梅婧边说边红了脸，"每到这种兰花开放的时节，很多雄蜂被兰花吸引，反倒没了兴趣与雌蜂交往。据说，正是因为有了这些雄蜂，兰花才生长得如此茂盛。"

"兰花茂盛了，黄蜂家族却完了！"悠然轻轻叹了口气。

"不！不对！兰花茂盛了，黄蜂家族也没有完。科学家对这个问题进行过深入研究，有趣的是，科学家发现雌黄蜂不需要雄蜂也能繁衍后代。据说大约有二百种昆虫被兰花诱骗，令人惊奇的是其中90％多的雌性昆虫根本不需雄性就能繁衍后代，所以那些昆虫照样生活得好好的。从这个角度来说，在这个世界，似乎没有谁离不开谁，或者说，世界总会以某种方式对失去爱的人进行补偿。"梅婧慢慢解释说。

"死丫头！小小年纪怎么想这样的问题呢？"悠然直直地盯着女儿说。

"我本来也不愿想这个，是生活逼的。自从来到这里，我就被一个美洲小伙迷上了，后来我们幸福地恋爱了两年多，想不到今年他却爱上了一个英国姑娘。为此，我甚至连自杀的念头都有了。因为我一直认为离开他，我没法生活。可是我知道了舌兰花与雄蜂的故事后，就悟出了这个道理，于是我坚强地活了下来。实践证明，没有他，我照样能活得很好。现在是，将来更是！"说着，梅婧眼就红了。

悠然想不到女儿小小年纪竟会遭受如此打击，禁不住紧紧拥住了女儿："我苦命的孩子！你说得对！在这个世界上，没有谁离不开谁。"

与此同时，她觉得女儿一下长大了。不过，她似乎觉得女儿话中有话，难道女儿知道自己的事情了？

其实今年夏天她之所以不让女儿回家，是因为她跟丈夫离婚了，她害怕女儿接受不了。不过，她不知道，女儿其实早就知道了，她害怕母亲失去生活的信心，才故意让母亲出来散散心，还编了个自己失恋的故事。

如果你还记得我

龚房芳

"如果你还记得我,请一定来看看我。"小鹿收到第一封信的时候,刚到核桃镇。对于一只流浪的小鹿来说,许多事情都像他走过的脚印一样模糊不清,慢慢地就消失了。

小鹿没有记起这个落款为"一颗种子"的是谁,只是把这封信随身带上了。种子,他在路上每天都能遇到,这是哪一颗呢?

小鹿到达野菊镇时,收到了第二封信。"如果你还记得我,请一定一定来看看我。"信的内容几乎没变,只是最后有句话:那颗种子发芽了。虽然小鹿记不清那颗种子是哪颗种子,可他还是很高兴地多喝了一杯野菊花茶。"不知道这颗种子是花、是草,还是树?反正祝愿它长得苗壮吧。"

第三封信送来的时候,小鹿正在毛栗子镇吃糖炒栗子,这封信在小鹿手中展开,马上就有了那种香甜的味道。"如果你还记得我,请一定一定一定来看看我。小树已经一尺来高了。"这封信里透着喜气。"啊!是棵树,真是太好了,我喜欢树!"小鹿高兴得差点咬了自己的舌头。

住在甘蓝镇的小客栈里,小鹿病倒了,外面的寒风在吹,小鹿在不停地咳嗽。除了店主每天送水送饭送药上来,没有谁来看望小鹿。小鹿拿出那三封信来读。"不知道小树那儿冷不冷?"小鹿这样想着,敲门声也响了。小鹿看了看时间,不该吃饭,不该吃药,店主应该在忙别的呢,会是谁呀?

寒风跟着邮递员挤进来,小鹿哆嗦了一下。可他一看到那个信封就不发抖了。他连忙打开,信上还是那句话。"如果你还记得我,请一定一定一定一定来看看我。"同样的话,小鹿今天读来感觉很温暖,很亲切。信的最后说:"小树一切都好,会安全过冬的。"

第二天,店主见到小鹿时大吃一惊:"真没想到你昨天病得那么重,今天

一下子就好了。"小鹿嘿嘿笑着,摸了摸口袋里的几封信。他还在想着那棵小树,会是哪里的小树呢?

小鹿继续流浪,他也在盼着下一封信。但是他走过了蓝莓村,经过了木耳镇,还横穿了著名的玉米围城,却一直没收到第五封信。他常拿出前四封信,希望能回忆起那颗种子,那棵树。没有,记忆里一直没有。

在穿越木棉方阵前,小鹿在咖啡园做了休整,信就是在这时候到的。那个邮递员很抱歉地说:"小鹿先生,真对不起,这封信应该在一个月前就送达的,可我们一直追不上您的脚步,您可真是高速鹿呀。"

这封信让小鹿格外开心,他猜想这次可能会有惊喜。果然,信上写着:"如果你还记得我,请一定一定一定一定一定来看看我。春天来了,所有的好事都会来了吧。"

"啊,这句话,是我说过的,我跟一只小鸟妈妈说过的,就在赤豆森林的边上,我想起来了! 我终于想起来了!"

邮递员还没走远,他听到小鹿的喊叫回头看了看,凭他多年的送信经验来看,这是一封带着好消息的信。"我喜欢自己的工作,喜欢给人们送好消息。"他笑着走远了。

小鹿放弃了原来的计划,踏上了回程路。他记得有一年冬天,自己头上的角被一家鸟儿当作树枝做窝。为了不惊动那些鸟宝宝,小鹿常常一动不动。天越来越冷,鸟妈妈要保护鸟宝宝,不能出去觅食。小鹿就带着他们去找树上的种子和草籽。小鹿常常安慰鸟妈妈:"春天来了,所有的好事都会来了吧。"

当春天来的时候,鸟宝宝学会了飞翔,小鹿也开始了流浪。鸟妈妈把自己留下的一颗种子送给小鹿,小鹿笑着把它种在了路边。

后来,他去过很多地方,帮过很多人,也种下不少种子,多得连自己也记不清了。

现在,他要先回去看一看,这第一颗种子长成的树,还有小鸟一家。因为这封信的最后说:"欢迎回家!"

我坐在蒲公英的绒球上等你

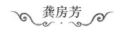

龚房芳

黑蚂蚁和黄蚂蚁是在路上认识的,那会儿,他们同时发现了一粒芝麻。那粒芝麻在一片小小的叶子下面,当他们伸出手去捡芝麻时,才看到对方伸出的手。

他们虽然都很饿,却同时停下,相互笑了一下,又一起说:"你请吧!"接着,他们再一次笑了,很高兴。

最后,黑蚂蚁和黄蚂蚁分吃了芝麻,也成了好朋友。他们从不同的地方来,还要继续赶路,所以必须分手。

黑蚂蚁指着那片小小的叶子说:"看到了吗?这是一棵蒲公英,等它结出绒球的时候,我们再见面吧,我就坐在蒲公英的绒球上等你。"黄蚂蚁答应了。他们握握手,又拥抱了一下,就各自出发了。

黑蚂蚁一路走着,路边长满了蒲公英,它们的个子慢慢地长高长大,叶子越来越长。黑蚂蚁看着蒲公英,数着和黄蚂蚁相见的日子。

蒲公英开出了金黄色的花,黑蚂蚁想:"黄蚂蚁也是黄色的呢。"蒲公英就要结出白色的绒球了,黑蚂蚁找到最大的一棵,开始向上爬,他想早点儿见到好朋友。

花了好多时间,黑蚂蚁才爬上去,大大的绒球刚好打开,这是一个圆圆的白球,他稳稳地坐在最上面。"只要黄蚂蚁一出现,我就能最先看到他。"黑蚂蚁想着,自己先笑了。

天蓝蓝的,云白白的。太阳暖暖的,风柔柔的……哦,不,一阵风吹来,绒球全散开了,撑开一把把小伞飞走了。黑蚂蚁紧紧地抱住一把小白伞,飘到了空中。"天哪,我还没等到朋友呢。"黑蚂蚁顾不得害怕,大声地叫着。可是风不管这些,嘿嘿地笑着。小伞也不管这些,它只想飞得更高更远。

不知过了多久，不知飞了多远，黑蚂蚁的头都晃晕了，小伞才带着他慢慢地下降。黑蚂蚁趁机松开手，使劲往下跳。他闭上眼睛，不敢猜想自己会落到哪个地方。

"嗨，你来了，真准时！"听到这熟悉的声音，黑蚂蚁睁开眼，哈，他看到自己又落在一个绒球上，身边坐着的正是黄蚂蚁。

"我，我，我……"黑蚂蚁拍拍胸口，他还没平静下来呢。"这是哪里？"

黄蚂蚁笑了："这是蒲公英的绒球上呀，你忘了我们的约定了吗？"黑蚂蚁当然没忘，他还想起来，他们当初根本没约好，要在哪个蒲公英的绒球上相见。

"好了，请先从绒球上下来吧，要不我们又会分开了。"黑蚂蚁拉起黄蚂蚁就跑，等到了地面上，再好好跟他解释吧。

碾碎上树

江 岸

早些年,黄泥湾一直不通电,山外很早就用上了的打米机、磨面机,在黄泥湾却得不到使用。人们依旧用碾子碾米磨面。碾盘就架在村前那棵老榆树下面。

每天傍晚收了工,家家户户房顶上袅袅娜娜飘散出淡蓝色炊烟的时候,碾盘准会唱起一支冗长而单调的歌,歌声虽不动人,依然感动得老榆树枝头上挂着的那盏马灯小心翼翼地扑闪着昏黄的眼睛,似乎随时都有大滴大滴的泪珠夺眶而出。黄泥湾夜晚的宁静便在这老掉了牙的歌声和朦胧的光与影中越走越深,直至东方欲晓。

也不知从何时起,碾盘旁边钻出一个黑瘦的男孩。男孩站在碾道旁,默默地看了一会儿,默默走上去,一起推起了碾子。碾子的歌声便激越欢快起来。推碾子的男人瞅空儿赞许地拍了拍男孩硕大的头颅,男孩更卖力地推碾子。吃晚饭的时候,自然就少不了男孩一碗稀饭一块馍。

男孩就在黄泥湾住下不走了。夏季睡碾盘上,冬季住牛棚里,每天帮人推碾子,混点吃喝。男孩无姓无名,因他整日不知疲倦地推碾子,有人便叫他推子。喊他推子,他就答应。于是推子就成了他的名字。

关于推子的历史亦无从考究。他是地主的后裔,还是谁的私生子,是打山外来的,还是山里哪个湾子的,问推子,推子光摇头。于是他就成了黄泥湾的一员。

推子吃百家饭,穿百家衣,慢慢长大了一些。先前推子帮人推碾子,毕竟身单力薄,推了一阵儿就成了碾杠上的累赘,只吊在上面大口喘气却使不出力气。长大了一些的推子就不一样了,不管谁家碾米磨面,男人就不必来了,推子一个人就将碾子推得呼隆呼隆响。推子不光推碾子,还能干很多活

儿。不管谁站在门口吆喝一声推子,推子就应声而至,牛一样干活。牛一样干活的推子有牛一样大的胃口。推子帮一户人家干活,所得的饭食远远满足不了他辘辘饥肠的需要。他只有一户接一户地拼命帮人推碾子,拼命帮人干活,勉强果腹。

再长大一些的时候,推子就出落成一个壮小伙子,参加了生产队的劳动,靠工分吃饭。可是分值太低,一年下来,推子是严重的缺粮户。推子自己有口粮,再帮人家干活,基本上是义务劳动,几乎得不到一茶一饭的报酬。那个年月,谁家的日子又能宽裕多少呢?推子呢,又不可能像小时候那样,干过活了就颠颠地跟到人家家里,眼巴巴地盯着人家的饭碗,能吃一点是一点。长大了,干过活以后,如果别人不挽留他,他只有闷声不响地垂头走开,别无选择。

后来,一天傍晚,有人去磨面,碾砣却不见了。那么大的一个石头家伙,足足有二百多斤重呢,能到哪儿去呢?那人找了一圈儿没找到,正要偃旗息鼓作罢,无意中一抬头,却见碾砣稳稳当当地卡在老榆树枝叉上。

俺的娘哎,碾砣上了树了!那人惊讶得眼珠子瞪得比牛卵子还大,狂呼起来,都来望呀,都来望呀……

人们齐齐聚集到老榆树下面,目睹了碾砣上树的奇观。人老几十代上百代,啥稀罕事儿没发生过,可谁又见过这样离奇的事儿呢?

人们叽叽喳喳议论了一会儿,可还得将碾砣弄下树啊。但人们都面面相觑起来,大眼瞪小眼,站着不挪窝。说得轻巧,谁有那本事?碾砣那么重,平地搬起来就了不起,还能上树去搬?搞得不好落下来,砸破了碾盘事小,砸断了胳膊砸断了腿砸碎了脑袋咋办?

终于有人想到了推子。这种事儿,只有找推子。

推子来了。推子走路软绵绵的,脚底下总像踩着一团棉花。人们七嘴八舌把事儿和推子说了,推子没说搬,也没说不搬,只说:我饿了,没劲儿。

馍拿来了,饭盛来了,推子囫囵吞枣地吃。吃罢了,推子抹抹嘴,猫腰上了树。他蹲在树杈上,双手抱着碾砣,说时迟,那时快,扑通一声连人带碾砣落在地上。人们都普遍感到地皮轻微的震颤。推子将碾砣轻轻放在碾盘上,掸一掸衣袖,走了。

从那以后,碾砣隔三差五就会上树。人们都明白了是怎么回事,也不说破,只是拿来饭食,让推子吃饱以后,上树去搬。

那年秋季,部队来招兵。黄泥湾的人们都说,在部队,大米干饭尽你撑,极力怂恿推子去当兵。推子就当兵。推子当兵,看见山外的人都用机器加工粮食,就想起黄泥湾的碾子,想起黄泥湾的人们一年到头深更半夜辛辛苦苦推碾子,羡慕得不得了。

过了几年,推子复员回来,用几年间积攒下来的津贴和复员费,还借了一些债,买回发电机、打米机、磨面机,安装在老榆树下面碾盘旁边。马达的轰鸣声彻底打碎了黄泥湾千万年的宁静。

推子的作坊开工以后,十里八村的乡亲都来打米磨面,生意十分兴隆,有时排起了长队。推子不讲先来后到,坚持让黄泥湾的乡亲优先,随来随加工,不需排队,且只收成本费,没钱不给也行。外村的人纷纷提意见,推子装聋作哑,仿佛没听见。

情寄关门山

易　凡

　　坐落在渝西大地的关门山，海拔不高，却有着高山的气势，它群峰拔起，宛若一扇扇紧闭的大门，构筑成道道天然屏障，将起伏不定的山丘分割包围，紧紧相拥，于是，形成了一个令人叹为观止的天然湖泊。随着千百年来的风雨飘摇，日积月累，加上勤劳的永川人的不懈努力，从上世纪六十年代开始，因势利导地将关门山地带，打造成了一个风光秀丽的大型水库，主供永川城区几十万人口的饮用。关门山水库也就成了永川城的大"水缸"，同时，也是美丽的湖泊。

　　深秋的关门山湖面，一眼望去，波光潋滟，秋水荡漾，九曲十八弯，看不到尽头。

　　近看，湖边绿莹晃动，让人心旌摇荡，那是山的影子。说来也怪，深秋时节，一般的树木，不是叶枯枝黄，就是落叶飘零了，而此时此地的山山林木，却依然绿得那么兴旺，那么生机盎然。难道是这里的山，因为有了这里的水，山水交融，互映生辉，才留住了春色？还是上天有意给下界秀上的一笔人间仙境？

　　远眺，湖心蓝光闪烁，叫人梦幻神疑，那是天空的倩影。秋高气爽，天晴云淡，瓦蓝的天空，没有一朵云彩，把天衬垫得无比的辽阔，更显蓝天的深邃和神秘。或许，蓝天痴情于之下的这汪碧水，久久不愿离去，深情地注目着，只有微风吹过，才回过神来，不停地眨动眼睛，引动湖水波光粼粼，荡盈着诗情画意，诱人又醉人！

　　我和文朋好友走进了这人间仙境般的诗情画意中。

　　四周一片宁静，静得出奇。没有城市的喧嚣，没有如织的游人，只有我们几个孤单的身影，除了偶尔传来几声鸟鸣之外，只能听见我们自己说话的声音。不禁感到遗憾,这么美丽的人间仙境,怎能不开发成旅游胜地,供人游玩赏景,逍遥快活?这时,陪同的当地女村长,接过话去,说以前曾经搞过开发,准备打造成旅游胜地,也好促进村人奔小康。可事与愿违,无形中,接踵而来的却是污染水源。你们见湖中有鹅鸭吗?有网箱养鱼吗?有游荡的小船吗?没有吧!要知道,关门山水库,它是永川城的"水缸",是用来生存的,不是供人游玩的呀!关门山水库有别于一般的湖泊!为了确保"水缸"的纯净,不受任何污染,村人们不得不做出牺牲,靠水而不能吃水了。为了不至于让村人的生活受到大的影响,政府组织了移民搬迁。不愿移民搬迁的人,政府就引导他们靠山吃山,走种植果木蚕桑致富之路。

听罢,我们不由得对村民做出的牺牲,顿生敬意。感慨平时在城里随便用的水,原来却如此来之不易,实实在在上了节约用水的一课。

站在湖岸,湖面扑来一缕缕清新和湿润,顿感透彻肺腑,浸润心脾,浑身一阵轻松。当我们兴奋得不知所以然之时,女村长笑呵呵地解答了我们心中的疑团。她说,你们享受的是关门山特有的"水气氧吧"啊!你们来得正是时候,每当深秋时节,关门山的湖水,特别清澈透明,比城里的矿泉水还要干净,随着暖和的天气,会慢慢升发,风一吹,水气就四处飘溢,滋润万物,疗养身心。这或许是关门山的秋天,也是春天的缘故吧。

哇,我们忘情地感叹湖水的神奇!

在女村长的引导下,我们来到了湖面上的铁索吊桥。几百米长的一根根铁索,连结着湖的两岸。吊桥是通向两岸的直接交通工具。没有吊桥,要到对岸,走路绕过去,得花费两三个小时。铁索上横铺着一块块厚实的木板,供行人通行。由于铁索吊桥跨度较长,整个桥面呈下弦弧形。人一踏在上面,吊桥就晃悠起来,让胆小的人,不寒而栗。看着吊桥,不禁叫人想到当年红军攻占大渡河铁索桥时的惨烈情景,联想到眼前的铁索吊桥,忍俊不禁,哑然失笑,这个桥与那个桥相比,如同我们走在平坦的大道上。

站在高高的桥面上,晃悠悠地看湖水,却是另一番景致。湖水就在我们的脚下,湖面尽收眼底,这时的湖水,在秋阳的照射下,一片粼粼金波,炫目耀眼。而岸壁则在秋阳的折射下,反出片片银色。我们仿佛置身于阿里巴巴的金库之中,辉映得全身披金戴银,不亦乐乎,宛若梦中。好在几只野鸭从湖面冲天而起,才及时把我们从梦幻拉回到现实中来。

走过铁索吊桥到了对岸,我们遇到了一个放着几头山羊的小女孩。小女孩见了生人很害羞,不好意思跟我们说话,不时勾下头去,看着自己的脚

尖。我们问一句,她才答一句。女村长让她抬起头来,好好生生跟叔叔阿姨说话。她抬起头来,我不禁"啊"了一声,面前的小女孩,太像风靡全国的那张照片上的失学女童。尤其是她那双透着渴望的大眼睛,太像那个失学女童了。我担心地问她上学了吗?她说,上了。女村长说,她手中拿着的正是她的课本。今天星期六,不上学,她在家帮着放羊。

小女孩叫杨梅,今年八岁,刚上一年级。她是个苦命的孩子。家里爷爷在城里打工,从脚手架上摔下来成了残疾,常年卧床不起。妈妈是个天生智障残疾人,爸爸打工常年在外,家里主要靠六十多岁的老奶奶,里外一把手硬撑着,时常靠政府的关抚过日子。小杨梅上学,还是得力于女村长多次上门劝说才成的。小杨梅很乖很听话,也很懂事,小小年纪就知道帮助家里减轻负担,一有空,就争着养羊喂鸡,学习上也知道上进,这不,放羊还带着课本呢。

我们的心境从美妙的仙境,一下回到了严酷的现实。哪儿都存在贫困,仙境里,同样也不例外。从小女孩渴望的大眼里,从她白细透红的小脸上,我们感到了欣慰,看到了希望,美妙的仙境与严酷的现实,其实并不矛盾,这就需要人类同自然,同自身困难抗争,求得统一、和谐、发展。这也是自然的法则。

我们依依不舍地告别了关门山水库。走时,我用空矿泉水瓶装了满满的湖水,带回城去,放在家中,让我时常想念深秋时的关门山……

天使飞过身边

高 薇

　　江南小镇，古泉旁。

　　秋日的斜阳穿过密密匝匝的竹叶细细碎碎地洒在女人身上，洒在女人身旁的泉里，丛丛翠竹和女人纤细的身影倒映泉中，泉水也显出莹莹的绿光。有风吹过，竹叶唰唰啦啦地响，女人的绿裙在风中轻舞。

　　女人望着泉眼出了一会儿神，然后轻踱脚步，在泉边的竹林里慢慢行走，和古泉边的绿竹一起，摇曳生姿。

　　记忆，丝丝缕缕，像穿过竹叶斜斜射过来的秋阳，拂过女人清瘦得略显苍白的脸庞，又将女人带回到十几年前的那些秋日里。

　　女人那时只十七八岁年纪，娇艳，鲜嫩，如一支刚刚钻出土的竹，女人那时还是女孩。

　　泉水煮沸了似的，咕噜咕噜地向四周翻着水花，然后，顺着垒起的渠道，绕着竹林流淌。女孩总是一边搓洗衣服一边哼唱小曲，村头的扁担声吱扭吱扭一响，女孩的歌声便戛然而止，女孩的心咚咚跳着，赶紧低了头使劲搓洗衣服。一会儿，海的身影就出现了，女孩的心里就乐，乐得像这开了花的泉水，轻轻地唱。

　　女孩将几件旧衣裳搓了又搓，洗了又洗，撩起的泉水哗啦啦地响。海是村里的小秀才，五岁时就能把家家户户大门对联上的字全认出来，入学第一天，老师让孩子们数算盘珠子，许多孩子数到十九便不会往下数了，但是海一直数到了几百也没有停下的意思，村里人都夸他是小神童，说这孩子长大了肯定有出息。海长得高高大大，结结实实，谁看了谁欢喜。海家里的人口多，还养了几头肥猪，每天放学后，到泉上挑水是海必做的事。

　　女孩原先放学后有时和姐妹们一起打猪草拾柴禾，但现在一回家就端

最清新的自然美文·赴一场心静如菊的盛宴

起盆子往外跑,母亲脆脆的声音就从身后传来:"妮,怎么又去洗?咋不和你姐去打猪草?"女孩就回一句:"不去了,衣服脏了得洗!"

那些秋日里,女孩心里特别的美,因为每天她都能看到海,他们见了面也不说话,但她知道海的心里一定也装着她,要不,每当海走到她身边时,就会故意把桶弄得叮叮当当响,有时还将水扑扑地溅到她身上。每到这时候,女孩心里就扑通扑通地跳,红着脸咕噜一声:"真讨厌!"海就挑起水桶,一个转身向村里飞奔去了。

那天,女孩仍然在泉边洗衣服,直到天黑也没看到海。后来女孩才听说,因为家里穷,海被爹送到外地干活去了。从此,女孩沉默了许多,女孩也不再到泉边洗衣了,有了脏衣服就扔给妈妈。妈妈奇怪地问:"怎么了,怎么不去洗了?"女孩沉了脸说:"不怎么,就是不想去了!"不久后,女孩也跟随妈妈到千里之外的爸爸那里读书去了。

十几年了,女孩早已经成为女人,她没有想到今天又回到了这里。村里古旧的民居全变成了青砖红瓦画栋雕梁的仿古建筑,古泉村已经开发成一个旅游胜地。乡镇企业竹泉公司的"竹泉"矿泉水也打入了国际市场,女人就是为这事来的,公司派她到家乡来联系与竹泉公司合作的事。

竹泉公司也是一派仿古的建筑,古色古香的外表,时尚先进的室内装饰,经理室更是气派,古朴大气,典雅堂皇。

"你好。"

"你好。"

简单寒暄过后,两人都愣愣地看着对方。

"是你!"

"啊,怎么是你?海!"女人看看手中的名片,惊讶地嘴巴张成了"O"字。

"哎,别提了,打了几年工,可还是想上学,后来我就到了东北的舅舅家,用表哥的名字考的学,这名片上的名字还是人家的,改不回来了。"海甩了甩手中的名片,脸上挂着一种自嘲的神情。

"一起去看看古泉吧!"海说着已经站起身,女人点头轻笑跟在海身后。

古泉边,两人都兴奋地说着,笑着。

十几年前的画面又涌现在眼前,海笑着说:"你当年可是天天在这洗衣服啊,呵呵!"

"最后一次洗就是你走的那天,你走了,我就再也没来洗过。"女人脸色顿时黯然。

一时，两人竟然无语，气氛变得有些尴尬。

过了一会儿，女人忽然咯咯笑着说："想起一句话来。"

"什么话？说给我听。"

"两人相对无语时，一定有天使从身边飞过。"

"是啊，天使已经在身边了……"他意味深长地说着，眼睛望着女人的脸。

女人脸上飞起一抹红晕，如天边的那道夕阳一样，妖娆动人。

吐鲁番的境界

戴　希

　　我们是唱着《吐鲁番的葡萄熟了》的歌去吐鲁番的。早听说吐鲁番的风光很美，殊不知吐鲁番的人与风光一样美。

　　我们去吐鲁番时正是吐鲁番最热的时节。遥望横卧在吐鲁番中部的火焰山，烈日照耀下红光灼灼，还真像又宽又长、全身都在喷吐烈焰的巨龙。我的周身也似乎淋透了汽油，在呼啦啦地熊熊燃烧，内心霎时被烤焦冒烟。此时我想到吐鲁番人，一定是在火一样的蒸笼里备受煎熬的！可出人意料，在吐鲁番经过了白天和晚上后，我感觉惊奇：这地方尽管很热，热得你整天红光满面、汗流浃背，却丁点也不让你胸闷气喘、身心疲乏。为什么呢？经请教，导游笑笑说，这地方空气湿度很小、水分很低，一年四季基本上都是晴空丽日，所以……我明白了。

　　热而不闷，也是吐鲁番人的性格。当我们走进葡萄掩映的吐鲁番农家时，男女老少都是忙不迭地搬椅子、擦桌子，很快地端茶递水，不停歇地为客人一会儿送来了西瓜和哈密瓜，又忙不迭地端出一盘又一盘又新又亮的鲜葡萄……仿佛大家都是一见如故或者就是神交已久的朋友，亲切自然地同我们天南地北、家长里短地说长道短。临走，还彬彬有礼、难舍难分地送我们一程。"西出阳关无故人"之说的确已成为历史了。吐鲁番人的情谊使我感到是从心底里流出来的，宛如春风拂过杨柳，没有水分，没有湿度，所以，感觉自然、得体、真切、热烈，丁点也不让人紧张、烦闷，就像吐鲁番的天气。

　　吐鲁番又是全球葡萄最甜的地区。吐鲁番的葡萄比美国加利福尼亚州的葡萄还甜！吐鲁番有一条八公里长、最宽处两公里宽的葡萄沟，葡萄沟坐落在唐僧西天取经途经的火焰山下。我们到达吐鲁番时又是葡萄熟了的时节。漫步枝繁叶茂的葡萄架下，弥望的是晶莹透亮、葱翠欲滴的串串葡萄，空气中也弥漫着清新醇香的甜味。看一眼，就有流连忘返的快感；尝一尝，真会让人上瘾。吐鲁番的葡萄不像蜂蜜吃多了很腻，也不像糖吃多了倒胃。但它给尝过的人会留下钟情的思念。仿佛是刚刚盛开的荷花，刚刚出浴的仙女，是你永远想相依相伴、永远都会有魂牵梦绕的甜美。

吐鲁番的少女，一定是吐鲁番的葡萄变的。我怎样看她们都有葡萄一样晶灵的眸子，都有葡萄一样甜美的芳容，都有葡萄一样让人恋恋不舍又不至醉倒的诱惑。她们春风拂面的笑靥，她们荡气回肠的歌声，她们闭花羞月的舞姿，她们纯真质朴的友善，让人品味千百次也还不够，就像品味吐鲁番的葡萄，永远都是甜而不腻的清新。

吐鲁番更是我国陆地海拔最低的地区。坐落在吐鲁番盆地的艾丁湖仅次于约旦死海，虽然很低很低，但艾丁湖从来显得不俗而非常大气。

艾丁湖，维吾尔语意为月光湖。最早形成于 2.49 亿年以前，即使现在，历经亿万年的沧桑巨变，艾丁湖已缩小为面积仅为二十二平方公里的内陆咸水湖，仍是从容宁静、不同凡响的。艾丁湖的南岸，有无边无际的茫茫戈壁，戈壁上遗留下历历在目的古坎儿井，它们深刻地见证着被风干和曝晒的悠悠岁月。艾丁湖的北岸，有五颜六色的玛瑙滩，玛瑙滩上大如土豆、小如花生的五彩石头，它们在阳光下色彩纷呈，宛如镶嵌在湖畔的珍珠项链。玛瑙滩外还有骆驼刺、红柳等沙漠植物郁郁葱葱，显示着生命的繁荣和顽强。伫立湖畔，目睹湖面翠绿、深蓝、淡青……各种诱人的色彩不断变幻，艾丁湖的神秘和丰富，我完全赞同维吾尔族人对艾丁湖是太阳和月亮的比喻，艾丁湖的确是太阳和月亮的化身。不然，在阳光的照耀下，为何湖心会闪闪发光，宛如寒夜晴空里的月辉？而当乌云密布、阴雨连绵的日子，为何湖心又银光闪亮，会把黑沉沉的天空照耀得明晃晃、亮堂堂的？真的好想，有一只纯美的白天鹅，扑棱棱地向我飞来，驮起我，在艾丁湖，不，在整个吐鲁番的上空，不倦地、永久地盘旋……

吐鲁番，你让我终身感动，虽然我曾去过不少地方，但吐鲁番的美丽使我对它产生了难以抹去的印象。当我走进吐鲁番，与吐鲁番的人共度炎热的夏日时，吐鲁番热而不闷、甜而不腻、低而不凡，让我深感到了一种做人的崇高境界！

最清新的自然美文·赴一场心静如菊的盛宴

一道风景线

喊·雷

　　搔耳山是著名旅游胜地。尽管当地旅游一项的年收入已达四千余万元，然而搔耳山下那些不从事旅游业的山民，因为土地贫瘠，雨水稀少，大都仍是重点扶贫对象。从通往搔耳山的公路上经过，人们就能看到那些以山石为墙、以蓑草作顶的茅屋稀稀落落地横在山坡上。县旅游局的领导认为这些旧房子，和山上那些红墙绿瓦、雕梁画栋的新建筑相邻，实在是大煞风景，便决定在年内实施美化旅游环境的计划。具体地说，就是给这些贫困山民一定的经济补助，限令他们拆除旧屋，重建新房。

　　石坎村屈成栓家就是被责令重建住房的一户，但是他家太穷，仅靠那点补助款，建不起新房，少说还差了四千元。他家的五亩坡地，被横七竖八、大大小小的乱石头占去了一大半。石缝里不长庄稼，只长荆棘杂草和一些曲里拐弯的杂树，幸好屈家有祖传的蜡染花布的一技之长，总算能维持一家三口的生计。但眼看着建新房的最后期限一天天临近，而建房的钱还没有着落，屈成栓便决定去省城打工。

　　屈成栓离家时对儿女说："天放晴了，染缸里的布必须捞起来尽快晾晒。我进城去，挣了钱就回来。"

　　兄妹俩把父亲送到村口就回家来，赶紧晾晒蜡染布。无奈兄妹俩年幼体弱，拖着长龙似的水淋淋的布，怎么也搭不上树桠。兄妹俩浑身湿透，看着无法晾晒的蜡染布哭了。哭了一会儿，哥哥擦干眼泪说："往树桠上搭太费力，咱就拖着布绕着院子周围的树干晒吧，这样省力。"

　　妹妹一听点头称是，便和哥哥拉着长长的布匹往树干上缠绕，一圈一圈又一圈，近两亩地的大院子就这样被几缸蜡染布严严实实地围了起来。

　　中午，兄妹俩正在吃饭，突然听到有人敲门。打开院门，见七八个来搔耳山旅游观光的老外围在院门口。其中一位用结结巴巴的中国话说："我们从山上……下来,远远看见这里有彩布围的新景点,我们想参观……"

还没等到兄妹俩回答,老外们就已经拥进了院子,他们兴致勃勃地在一处处"景点"游览,有的把蜡染花布围子当作背景,靠在那些奇石怪树旁留影;有的在野花丛生的小路上散步,看着那些从未见过的奇花异草拍手叫绝;有的捧起石缝间流出的泉水喝着,还一边唱一边跳……

外国游客中,有几位是美国一家跨国服装公司的设计师,他们用行家的眼光仔细欣赏着围在树干上的蜡染布。他们对手工蜡染布那艳而不俗的色泽、杂而不乱的图案赞不绝口,后来就通过翻译告诉兄妹俩,说他们要购买一些蜡染布带回国去,问这布要多少钱一米。兄妹俩说:爸爸拿到城里去卖,每米价是五元。翻译说"不贵不贵",于是老外们这个要五米,那个要八米,高高兴兴地把买下的蜡染布打入背包,一步一回头地离开了院子。

紧接着,上山下山的外国游客也都看到了这道蜡染花布围起来的"风景线",于是也三五成群地走进这家农舍参观。

兄妹俩哭笑不得,一再说他们不卖门票,可是游客听不懂当地的土语,大都掏出十元、八元的钞票放在院门边的石凳上。

当天晚上,兄妹俩清点这些钞票,光人民币就有四百多元,那些外币,他俩认不得,只好拿给邻家的叔叔看。叔叔说这是美元,一点数,竟然有六百多元。叔叔高兴地说:"孩子,一百美元要兑八百多元人民币,你家建新房需要的四千元钱现在有了!"

于是,兄妹俩欢蹦乱跳地跑到镇上邮电所,给在省城打工的父亲发去了电报,电报上写道:"爸爸你快回来,咱家有钱盖房了!"

不久,屈成栓家的茅屋拆去了,一栋青砖小楼盖起来了,奇石怪树砍掉了,杂草清除,道路铺平,流水入渠……

一天,一群慕名而来的外国游客到了搔耳山,但他们再也找不到那个迷人的小山坡了……

忆江南

远　山

你是海的女儿。你从小就生活在一个小海岛上。因此，你对大陆有一种本能的向往，一有机会，背上一个双肩包就往大陆上跑。很多时候，你甚至连一个明确的目的地都没有，闭上眼睛朝一张摊开的地图上一指，指到哪里就是哪里。虞镇，就是这样子一个即兴式旅行的目的地。

虞镇，是一个典型的江南小镇。她整洁、安谧，如同一个藏在深闺人未识的处子，让厌倦了喧嚣城市生活的人有一种倦鸟归林的感觉。到达虞镇的第二天，你从小旅店老板娘的口中了解到，在离虞镇十几里路的一个村子里，有一个保存完好的清代建筑群，据说是道光年间一位总督的故居。一向对古建筑感兴趣的你借了老板娘家的自行车迫不及待地赶了过去，在那里盘桓了半天的时间，并且拍下了不少的照片。但是，回来的路上，你却碰到了一场突如其来的大雨。很快，你就淋成了一只落汤鸡。你什么也顾不上了，只是拼命地蹬着车子往前奔。

突然，你听到了一个男人的喊叫，别走了，快停下！你抬头望去，见一个小个子男人正从一个搭在路边的军用帐篷里冲到路上，并且伸开双臂拦在路中间。你跳下车子问，怎么了？男人武断地夺过你的车子就往帐篷里推，你只好随他走进帐篷。男人支好车子，说，雨这样大，你一个女孩子家，不要命了？你调皮地翻了个白眼，说，不走怎么办？男人不说话，将一个红色的塑料浴盆放在地上，先倒了半桶凉水，又倒进去两暖瓶热水，从一个黄色的挎包里翻出一条新毛巾扔到盆里，又找出肥皂和一身干净的男式衣服放到行军床上，然后，穿上一件雨衣朝外走去。走到门口，还仔细地把门帘也放下来。

帐篷里一下子变得黑暗和安静下来，只有急雨打在帐篷顶上的沙沙声清晰可闻。你别无选择地脱掉湿透的衣服跳进浴盆里。当温热的水亲吻到冰凉的肌肤的那一刻你沉醉地呻吟了一下。一个男人，一个普普通通的小个子男人，不知道他的姓名、籍贯、年龄、职业、文化程度和政治面貌，你对他一无所知。但毫无疑问，他是一个善良的男人。而善良，在你看来是一个男人所应该具备的最最重要的品质。一个男人，他可以不高大，他可以不英俊，他可以不富有，甚至，他可以不温柔，他可以不勇敢，但唯独，他不可以不善良。不善良，即是伪男人。

当你洗完澡并且穿上那身男式衣服出现在帐篷门口的时候，雨已经停了下来。你在离帐篷不远的地方发现了那个穿着雨衣的小个子男人。他正在照看他的蜂箱。蜂箱有好几十个，排成整整齐齐的两排。附近还停着一辆东风牌卡车。原来，他是一个四海为家的放蜂人。

临走的时候，你问他怎么和他联系，他头也不抬地说，我每年这个时候都会来到这里。

你记下了这句话，并且记下了这个日子。

一年后的同一天，你又来到了虞镇。你从小镇的超市里买了鱼肉和青菜，还买了几斤大米。你骑着旅店老板娘家的自行车往放蜂人那里赶去。你只想给他做一次饭，让他饱饱地吃一顿，然后对他说一声谢谢。

当你赶到那里后，却什么都没有，没有那个小个子男人，没有成排的蜂箱，没有军用帐篷，也没有那辆东风牌卡车。你一屁股坐到一条长满青草的土埂上，内心里充满了极度的失望和沮丧。成片成片的油菜花像地毯一样铺在大地上。一阵微风吹过，送来了野斑鸠的咕咕的叫声，使四周显得越发地凄清。你突然有一种想哭的感觉，眼泪止不住地流了下来……

快中午的时候，一群放学的孩子从大路上经过。一个女孩一边走一边背诵道：江南好，风景旧曾谙；日出江花红似火，春来江水绿如蓝，能不忆江南？啊，你的脚下就是江南的大地。但是，物还在，人已非。那个曾经善待过你的小个子男人，你不知道他在哪里？

终于，你决定离开那里了。但就在这时，你听到了汽车的发动机的嗡嗡声。你站起身子看去，一辆满载着蜂箱的东风牌卡车正在缓缓地朝你驶来……

八爷与骆驼石

厉剑童

八爷是个看山的。

八爷看的那座山叫骆驼山，山顶有块状似双峰驼的巨石叫骆驼石，山因石得名。

这骆驼石可是有说处的……很多年前，八爷就这么说。八爷说这话的时候，神情庄重而神秘。到底什么说处，八爷没细说。反正，全村人都知道，骆驼山上的骆驼石是有说处的。

八爷是个老光棍。

八爷看山几十年了，从六零年就看。在八爷眼里，那山就是他的家，那石就是他的儿子，那花草树木就是他的女儿。在八爷的眼里，那些儿女远比自己的命值钱。谁敢不经村里批准，私自打一块石头，砍伐一棵树木，那八爷准会跟他拼命。

那年，村里的首富赵德宝想打掉那块骆驼石，因为那是一块上好的青石头，打墙盖屋又坚固又漂亮。石匠都找好了。晚上，赵德宝家里突然来了一个人，那人不是别人，是八爷。八爷的到来让赵德宝颇有些意外。

八爷也不多说，只心平气和地讲了一个故事。八爷说那是他亲身经历的故事。

那年八月十五，中秋节。那晚的月亮很圆很亮。八爷喝了一壶酒之后，出来巡山，晕晕乎乎走到离骆驼石不远的小道。那条小道八爷不知走了多少回，即便晚上站在这里，骆驼石也清晰可见。奇怪的是那晚骆驼石不见了。难道这骆驼石会飞？或者长了腿跑了不成？正纳闷着，突然前面传来歌舞声。八爷很奇怪，循着声音悄悄走过去，看到前面一群美女正围着一个白胡子老头载歌载舞，老头一边喝酒一边欣赏歌舞。奇怪的是老头的脊背有个大突起,像双峰驼的驼峰。八爷从没见过那么漂亮的舞女,也没听过那么美妙的歌声。八爷看得入了迷。看着看着,八爷突然想咳嗽,八爷小时候得过气喘的毛病。八爷用力憋气,但终于忍不住咳嗽了一声,瞬间,歌舞停止了,美女和老头不见了。再看骆驼石,却好好地待在那里……

赵德宝不信,说八爷你就编吧。骆驼石我是一定要打的。八爷说,信不信由你!有胆量你打打试试。撂下这话,八爷起身走了。

第二天,赵德宝招呼人去打石头。刚到半路上,赵德宝就被一辆拖拉机给撞了,一躺就是两个月,出院后变成了一个瘸子。骆驼石自然没打成。从此,村里人都知道八爷的话真灵,这骆驼石有仙气,打不得。

三年自然灾害,村里人没得吃没得喝。有人实在受不了,要上吊跳井。晚上,八爷带了平时舍不得吃的一点玉米饼子去了那户人家,讲了关于骆驼石的另一个故事:很久很久以前,一匹双峰驼受主人之命驮一箱货物到遥远的地方去,没想到路上遇到很多艰难险阻,骆驼都一一克服了,驮完货物回来,骆驼累死了。玉皇大帝很感动,就将这匹骆驼招到天上做了神仙,骨架永远地留在了那里。这就是骆驼石的由来……那人很感动,想开了,决心像骆驼一样做一个能担当事的人。很快,村里人都知道了这个骆驼石的故事,深受启发,大家互相帮衬,终于度过了那场罕见的饥荒。

骆驼石从此成了村民心中的圣物,成了一种精神的寄托和象征。晚饭后,人们有事没事都喜欢打着眼罩,远远地眺望一会儿霞光里的那匹骆驼。

转眼几十年过去,八爷老了,村干部几次动员八爷下山,到敬老院享清福,可八爷高低不答应。八爷心里有事。

八爷的心事与骆驼石有关。

几年前,经地质部门勘察,骆驼山是上好的大理石,是盖楼、铺地板的上好建筑材料,一块石头抵得上一头肥猪。于是,那些有钱的纷纷上山开采大理石矿。短短几年时间,骆驼山变小了变瘦了变丑了。可不管怎么开采,谁也不敢动那块骆驼石。

一年前,石材大户牛老板看上了那块骆驼石,要打掉解成巨石,买家都已经找好了。八爷几次进出牛老板家,给他讲那两个骆驼石的故事。牛老板铁了心要打。八爷眼一瞪,牛眼似的,发出狠话:谁敢动骆驼石,就跟谁拼命!当晚,八爷拿杆土枪,干脆睡在骆驼石下。

牛老板硬的不行来软的,悄悄给八爷送了厚厚一摞百元大钞,八爷接过,手一扬,来了个天女散花,把牛老板气得鼻子都歪了。

　　村里有人劝八爷不要再顶了,胳膊扭不过大腿,人家牛老板到处都"有人",再说那山是公家的,你只是雇来看山的,管那么多干吗? 村干部也出来发话,卖骆驼石是村委会的决定,谁也阻挠不得。八爷鼻子一酸,说,连这骆驼石都打了,将来给子孙后代留什么? 八爷照旧白天晚上,寸步不离地守护着骆驼石。

　　一个月前,八爷被人告发说私藏枪支,不仅枪被交了公,而且还被派出所办了三天"学习班"。八爷放出来的时候,骆驼石被打了。只是打石头的人慌三火四,炸药放过了量,偌大一块骆驼石炸成了一文不值的烂石渣。

　　八爷流泪了。

　　八爷病了。

　　几天后八爷孤零零"走"了,眼睛瞪着,嘴巴张着,样子有些可怕。

　　骆驼山照旧炮声震天。不消几年,骆驼山就被开采一空,只留下这一个那一个废石坑,和满山的一堆一堆的烂石渣滓。

　　人们的腰包鼓了。

　　满目青山不见了踪影。

　　水质被污染。

　　村里得怪病的人接二连三。那些刚刚鼓起来的腰包眨眼间瘪了下去。村民都不约而同地想起八爷,想起八爷讲的那两个故事……

　　只是他们谁也不知道,那两个故事其实是八爷杜撰的。

　　那杆所谓的土枪,是八爷刻的吓唬人的玩具枪。

你的微笑就是礼物

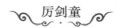

厉剑童

"这个班简直没法教了,上课死气沉沉,特别是那个赵雅丽,名字起得很阳光,可上课从没见她举过手,天天皱着眉头,好像谁欠了她二百万似的……"大力刚一回到办公室,屁股还没挨着椅子,嘴里就嘟囔起来。

这个赵雅丽我不止一次听大力说过,印象中是个寡言少语、学习成绩差、不听老师话的女孩子。

放学的时候,我和大力一起走着,大力指着前边一个女生说,她就是那个赵雅丽。是她?走路低着头,别的学生边走边嘻嘻哈哈,她谁也不说话,满腹心事的样子。

真正接触赵雅丽是在期中考试后,大力病了,由我兼任这个班的语文课。第一堂课给我留下了很深的印象。我一连提问了她几次,她始终低头不答。给人一种游离于班级之外的感觉。

小小年纪,怎么会是这样?

女孩的心思你别猜,猜来猜去你也不明白……录音机传来悦耳的歌声。我一边听音乐一边心里琢磨:这个赵雅丽……

第一节作文课,为了加强和学生之间的沟通,我决定以"老师,我想对你说"为题让学生写作文。作文收上来了,我随意翻开一本作文本,有段娟秀的文字顿时引起了我的注意:

"我曾无数次地质问大地,为什么我的学途如此坎坷?我曾无数次地诘问鬼神,为什么我的未来如此茫然?没有人给我答案……我的天空被乌云遮蔽……"

很美的文字啊,谁的?我赶紧翻看封皮,赵雅丽三个字赫然映入我的眼帘。是她写的?!那一刻,我清楚地看到一缕明亮的阳光倏地射进我的

心房。

难怪她天天寡言少语,表情冷漠,原来她走进了一个心理阴影之中。

我写了一封信,悄悄放在她的书桌里。信中写道:"不要抱怨自己感受不到温暖,那是因为你的后背挡住了阳光,转过身来,阳光就会立刻铺满你的脸……"

第二天上课,我看到她抬起头看我了,但旋即又仓皇低下头。我仿佛看到了希望的光,决定趁热打铁。

在那个晚霞满天的傍晚,校门前的那条弯弯的小路上,几经启发鼓励,在走了八个漫长的来回之后,赵雅丽终于向我敞开了心扉:

"刚上初一,我扎了两根羊角辫,有一次课上回头问同学要文具用被老师看见,他狠狠地批评了我,说我是一头小山羊,没个女孩子的样……我的自尊受到极大伤害。没想到,在老师眼里我居然是这样的一个学生。我恨透了那个老师。从此我讨厌学习,讨厌所有的老师……"

我静静地听着。末了,我轻轻拍着她的肩膀说:"老师也曾和你走过一样的路。只要振作起来,克服那些不良心理,你还是一个很有希望的学生,特别是你的文笔很好……"

她低头不语,柳叶眉微微动了一下,眼里溢满了闪闪的泪花。

"老师,您是我上初中后第一个听我说心里话的人。我……我想提一个要求,好吗?"

"可以啊,尽管提,只要老师能办到一定答应你。"

"我……我的英语学习成绩不好,听说您是英语专业毕业改了教语文,您可不可以帮我补习一下英语?"

"没问题,"我不假思索地说,"不过,我有一个条件,你必须送一样礼物给老师……"她开始着急起来,一脸茫然。

"什么礼物暂时保密。不过你必须做到让自己的心情开朗起来,不管上什么课都要抬起头,积极回答老师的问题,遇到不明白的地方要主动问老师、同学……到时我自然会告诉你老师要什么礼物。这些你能做到吗?"我微笑着,耐心等待着。

"这个……"她犹豫起来。

"答应我,你能行!"

她仿佛下了很大的决心,终于点了一下头。

第二天,我看到,赵雅丽见到老师能主动打招呼。上课能主动回答老师的提问。我欣慰地笑了。对她的补课也开始了。

时间一天天过去。赵雅丽脸上的笑容一天天多起来。

两周后的一天，赵雅丽主动到我办公室询问礼物的事。我说现在时候不到，等你完全按老师说的去做了我才告诉你，好好努力。

以后的日子里，我看到她的确在一天比一天努力。脸上的笑容一天比一天多。

一个月后的一天，赵雅丽再次找到我，仰着头，闪动着柳叶眉，拉着我的手，娇嗔地说："姐姐老师，现在可以告诉我您要的礼物了吧?"我看到她一脸的灿烂。一个多可爱的阳光女孩。是时候了。

我说："其实你早已把礼物送给我了。"

"什么? 早送了?! 不可能啊?"

我拿出自己的化妆镜给她，说："看这里。"

她接过镜子，看了又看，一脸的疑惑。

"笑一个。说说看到什么了?"

她还是不懂。

"傻丫头，你的微笑，明白了吗? 你的微笑就是送给老师的最好礼物。"

她愣了，旋即领悟过来。两颗美丽的大眼睛里霎时闪动着晶莹的泪花。

此刻，我分明感觉到，两行温热的液体从我眼睛里悄然滑落……

珍珠的味道

羊 白

下雨了。一只猫到檐下躲雨。它趴在窗台上，眯着眼，准备睡觉。

这时，飞来了一只黄鹂鸟，歇在院子里的一根铁丝上，兴奋地唱起了歌。

猫说："黄鹂鸟，快走开，你没看见我在睡觉吗？"

黄鹂鸟假装没听见，继续唱歌，并缓慢地荡起了秋千。

猫生气了，说："你高兴什么？这样乏味的雨天，你为何不回家去睡觉？你再吵，我就对你不客气了。"说着，喵呜一声，拱起背，竖起尾巴，龇牙咧嘴做出一副凶相。

黄鹂鸟便不再唱歌。倒不是怕他，只是觉得没有必要和他一般见识。在这样清新凉爽的细雨天，和一只猫吵架，多少会让人扫兴。

黄鹂鸟不再歌唱，可她依然按捺不住心中的喜悦。她缓缓地，抬起纤细的脚丫，在铁丝上走起了钢丝。轻手轻脚的样子，像一个小姑娘在训练杂技，不时张开翅膀，有惊无险地保持其身体的平衡。

猫睁大了眼，觉得很好奇。

因为黄鹂鸟不但走钢丝，还玩起了一种难度极高的游戏。每走几步，黄鹂鸟会小心翼翼地俯下身来，轻轻地，低下头，弯曲脖，然后静止几秒，将身体稳住，然后极其努力地，用其精致小巧的喙，去衔取那铁丝上悬挂着的晶莹的水珠。

猫忍不住问："黄鹂鸟，你在干什么？"

黄鹂鸟说："我在摘珍珠吃呀。你看看，这么多的珍珠挂成一排，多漂亮！"

猫说："亏你想得出，不就是一滴滴水吗，水谁没喝过？"嘴这么说，心里还是被黄鹂鸟的游戏打动了。拔高脖子，毫无睡意。无疑，他也喜欢上了那一颗颗晶莹的悬挂,甚至联想到了一颗颗熟透的葡萄。

黄鹂鸟说:"过来吧猫,别吃不到葡萄说葡萄酸。你站在下面,我给你摘,你张大嘴,在下面接,好不好?"

猫喵呜一声,从窗台上跳下来,和黄鹂鸟玩起了吃珍珠的游戏。有好多次,猫都失败了,那晶亮的珍珠不是砸在他的鼻尖上,就是胡子上,弄得他满脸飞沫,很是狼狈。可他觉得这游戏很好玩,就像是采槟榔。黄鹂鸟在树上认真地摘,他在下面左扑右跳地接,接不住,也是稀里哗啦的笑。

经过多次的配合,猫终于吃到了一粒珍珠,滑滑的,凉凉的,甜甜的,像樱桃,像荔枝,像果冻,反正有说不出的美妙。猫咂吧着嘴。喵呜几声大叫,竖起尾巴,跳跃着,绕院三圈。似乎是拿了奥运冠军,举着旗杆,在绕场庆贺呢。惹得黄鹂鸟叽叽只笑,又唱起了欢快的歌。

整个下午,他们都在细雨里游戏。乐此不疲。

后来,猫还邀请黄鹂鸟站在他竖起的尾巴上,玩起了另一些新奇的游戏。

黄鹂鸟说:"猫,珍珠好吃吗?"

猫故意摇摇头,喵呜喵呜地叫。

猫当然清楚,这所谓的珍珠,只不过是一滴一滴的水。

猫以前喝过无数的水,可他从没有喝得像今天这样开心。猫长这么大还从没有见过传说中的珍珠。但他坚信,自己已经尝到了珍珠的味道。并永远记住了那个雨天。那个只有一面之交的可爱的黄鹂鸟。

诗意小径

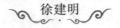

徐建明

　　我所居住的小区四面皆水,一条由白色防滑地砖铺就的小径,呈 U 字形,穿过沿河绿化带环绕而行。

　　初春时节行走于小径,映入眼帘的桃花,芬芳、骄柔、艳美,甚至还有点妖娆。使人不得不停下脚步,细细观赏一番——只见桃花在绿树的映衬下,显得风姿绰约,仪态万千,刹那间的惊艳,会叫人情不自禁想起年轻时那浪漫的岁月。

　　乍暖还寒时节最难将息,本来满枝的桃花粉红一片,千朵万朵压枝低,眼下一阵风吹过来,纷纷扬扬的桃花瓣便化作红色的粉蝶,挥动着翅膀,穿梭于枝叶间。小径随即便染上了点点红意,看起来别有一番情趣。

　　落尽桃花春未老,这是五月一个星期天的早晨,我走出家门,阳光明媚,根本看不出昨天晚上的小雨浙浙沥沥缠绵了一夜。行走于蜿蜒的白色小径,只见小草更绿了,杜鹃花更艳了,树木更精神了。我边走边欣赏满眼的花花草草,它们无一例外地身披露珠,精神抖擞,透露出旺盛的生命力。

　　风轻云淡,小鸡草盛开白色的花朵,骄傲地向每一位过往行人宣告着它的存在。虽然叶子有些苍老,有些粗糙,但米粒般的花朵点缀于一片绿草中,叫人看了心生怜爱之情。我蹲下身子,一股带着泥土气息的芳香,幽幽的飘然而至,令人神清气爽。我特别爱这个味道,我想起了童年时节,时常在春天里找寻这种小草,饲喂小鸡的那一幕。再吸上一口,香味由胸腔迅速弥漫到四肢百骸,我被这种怀旧的、有点野味的清香深深地陶醉了。

　　慢步行走于小径,自然想起了丁香一样的诗句。眼前的景致完全可以入诗、入画。整个小区如一枚纤长的树叶,各种风格的园林小品,随处可见。从空中俯瞰,这条白色的小径,犹如银色的项链,在一片绿色中显得自然隽永,诗意浓郁,如同一首清新的小诗。

夏天来了,太阳毒辣辣地当头挂在天空,一点也没有想歇一歇的意思。行走于小径的人明显少了。小径的西北侧有一个亭子,说是亭子,其实是用几根水泥预制件撑起的一个框架,上面有一片茂密的绿叶,层层叠叠,于是构成了一个很现代、很时尚的亭子,即使在盛夏时节,这里也是一片清凉。

夏天我总喜欢沿着小径,到亭子里来坐一坐。不知什么时候,这里多出了一丛紫藤花,而且开得自由烂漫。白中带粉,粉中带紫,深深浅浅,交相辉映,不畏酷暑炙热,独自悠闲地在风中吟唱着属于自己的音符。

亭子里,大理石光滑的坐席是现成的,拿起一本线装的《唐诗三百首》,很想在这过一把诗意的时光。但是紫藤花的浓香阵阵袭来,使人心神摇曳,叫人不得不沉醉其中,梦一样缥缈起来——闭上眼,且享受这夏日的浪漫与美丽。

一阵小鸟的欢叫声使我好梦不再,睁开眼,有人在对我窃窃暗笑。真不好意思,一不留神自己成了别人眼里的风景。顾盼生姿的紫藤花,舞姿曼妙,仍在缠绕我的视线,我只好落荒而逃,当然不会忘记带上心爱的《唐诗三百首》。

独步于白色小径,什么也可以想,什么也可以不想,我把这当作是放松心情的绝佳通道,时常在茶余饭后,以一种闲适的心态独步于其间。

小径的外侧是欧式的铁制栅栏,栅栏下面的古运河不急不躁,四季如一,缓缓地流淌着,偶尔还会有鱼儿一个打挺,跃出水面,以这样的形式显示自己的存在。自然那些依水挺立的树木,耐不住寂寞,争相以水面为镜,孤芳自赏,别有情趣。小区的儿童最喜欢在小径上撒欢了,跑来赶去,如同燕子般叫着、唱着、欢笑着,越笑越开心,最后笑成一朵花,盛开在幸福的白色小径上。

当然在这条小径上时常可以看到物业保安巡逻的身影,他们既是小区忠诚的卫士,又是辛勤的园丁,呵护着小区宁静与美丽。有时我会对着他们匆匆远去的背影,情不自禁地哼上一首经典的老歌:我要说声谢谢你!

生命的声音

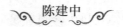

陈建中

　　奶奶的眼神很清澈，她的眸子里经常映着草地上嬉闹的孩子、阳光下绽放的花朵，以及蓝天下飘荡的游云。她用目光抚摸这一切，就像少女抚摸爱情。

　　奶奶的一头银丝插着鲜艳的花朵，她盛装而坐，坐在儿女们为她建造的别墅的阳台上。那里，紫丁香、夹竹桃、凤尾兰、麻叶绣球、金雀花、厚皮香以及紫荆花和红玫瑰竞相开放，路人以敬仰的目光看阳台上的风景，奶奶也把他们当作自己的风景。她的目光和蔼、慈祥，虽皱纹密布却红光闪烁的脸庞，散发出一种让人怦然心动的天真气息。

　　白天，这座湖边山腰别墅群的人们，都开着奔驰、宝马，去附近的城里搅拌世界去了。奶奶在静静的山腰，听草丛里金钟儿、纺织娘，湖边的青蛙，树上的知了，以及山林里的黄莺、大山雀合奏生命交响曲。奶奶这时便一动不动，坐成阳台上一尊耀眼的雕像。她微闭双眼，尽享这些天籁之音。她能听出杜鹃是不是遇到了朋友，蟋蟀是不是找到了爱情，而青蛙，是不是又有了一大群后代？

　　常常，奶奶的耳朵里会出现另一种声音，那是世界上最动听的声音，她听着这种声音做了母亲，听着这种声音生长风韵，又听着这种声音由风韵凋落。奶奶好久没听到过这种声音了，然而在今天，在一个阳光洒满树丛的清晨，她听到了这种声音，这种声音若有若无，但还是被她清楚地捕捉到了。那一刻，奶奶回忆的天空划过一道炫目的闪电。

　　当邻居的主人匆匆赶回别墅时，他看到这样一幅生动的生命画面：婴儿已经被包裹好就像蚕蛹一样，妻子产后疲惫的脸上荡漾着幸福的微笑，爱不够的眼神盯着身边这个粉红色的小东西。而奶奶，正在收拾产妇留下的生命胞衣,她双目炯炯,身手敏捷,嘴里自言自语,似乎在赞美上帝。奶奶在那一个忙碌的阳光洒满树丛的日子,又变成了那个年轻漂亮、名声响彻 G 市的助产士。

若干年后,奶奶的墓地还经常有常换常新的紫丁香、夹竹桃、凤尾兰、麻叶绣球、金雀花和红玫瑰,草丛里的金钟儿、纺织娘,湖边的青蛙,树林里的黄莺、大山雀,依旧在奶奶的墓地四周唱着歌儿。

奶奶的墓碑上有一句话:生命,因为延续而永恒! 她是在帮邻居家接生的第二天离开我们的。那天,也是一个阳光洒满树丛的清晨,儿女们去伺候奶奶起床时,发现她已经动身去了天国。奶奶被从窗口射进的阳光覆盖着,她的银发一丝不苟,嘴角带着永恒的微笑。

小河水清清

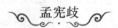

孟宪歧

小河叫玉带河，一个挺有诗意的名字。

小河两岸原来是大片的稻田。后来，小河下游上百里处修了一座中型水库，专门供小河下游几百公里处的那个大城市的水源。县里就不让农民再种稻田了，就都栽上了树。

村民杨老帮去了一趟那个著名的大城市，回来后，就悄悄地站在河边愣神儿。

村里人就看见他用一根长木杆，挑着一张用尼龙绳织成的网，从水里往外捞垃圾。小河水虽然很清，但也从上游不断地漂来塑料袋，乱柴，或者死猫烂狗死鸡烂猪的，看着心里恶心。

有人问杨老帮："你闲着没事儿咋地？你管那河水脏不脏呢。"

杨老帮就说："小河水脏了，那城里人还咋喝水呀？"

大家就笑："城里人咋喝水跟你有啥关系呀？"

杨老帮就憋红了脸，重重地说："有关系啊！那城里人是咱的兄弟姐妹啊，他们喝脏水不就等于咱也喝脏水了吗？"

大家便说杨老帮进城把脑子也灌进水了，自己喝水干净就行，还惦记别人嘴里的水是啥滋味呢，傻啊！

杨老帮一点也不傻。

那天他进城看儿子，捎带去大医院瞧瞧病，一检查，啥事没有。儿子在城里给一家电脑公司打工，时间紧。杨老帮就自己买了火车票，往车站走时，渴极了，舍不得花五块钱买一瓶矿泉水，五块钱够他一天吃的了。就去靠街的一个单位找水喝。

刚进门，被门卫个拦下来。门卫问："找谁？"杨老帮答："找水。"

门卫说："出去找。走。快走！"

杨老帮就嗫嚅着说："我渴。喝了水就走。"

门卫来推他，他还赖着不挪步。这时，从楼里走出一个戴眼镜的人，听见门卫和杨老帮在争辩什么，就问门卫："吵吵什么？"

门卫立即挺直腰杆答："宋主任，这人要喝水，我不让他进去，他就不走。"

眼镜就皱了皱眉头，说："让他跟我来。"

杨老帮就跟在眼镜后面进了一间宽敞的办公室。

眼镜给杨老帮倒了一大缸子水，看他喝完又问："还喝不？"

杨老帮擦擦嘴，高兴地答："喝好啦。"

眼镜有意无意地问："进城打工？"

杨老帮答："不是。看儿子。儿子在这城里上班呢。"

眼镜又问："家在哪呀？"杨老帮答："水清县的。"

眼镜立即说："好哇，你刚才喝的就是你们那里的水。"

眼镜就说："啊，水清县的。你们那里的水清啊，整个城市都喝你们的水。"

杨老帮很得意。心里想：原来我们那里也很重要啊，没我们玉带河，城里人喝什么？

回到家里，杨老帮就想城里那甜滋滋的水，想那眼镜喝，儿子喝，自己还喝了，还有那么多人都得喝。他就有了想法，可不能脏了这水！脏了这水，不就等于脏了自己吗？

杨老帮已经从河里捞出了许多垃圾，可那垃圾还是源源不断地从上游漂浮下来。

杨老帮有时间捞，垃圾冲不走，可杨老帮没有时间时，那垃圾还不是照样往下走？

况且，杨老帮白天捞，夜里不能捞啊。夜里垃圾还不是依旧流下去？

杨老帮终于有了办法：他在河岸两边钉了大木桩子，中间挨着水面拉一道铁丝网。甭管白天夜里，铁丝网就把垃圾都拦住了，他每天清理一回，啥活都不耽误。村支书对杨老帮的做法很是满意，隔几天就派车把垃圾拉走，否则，垃圾多了堆成山，杨老帮就弄不过来了。

有一天，那个大城市的领导来到清水县，给县里带来了几百万元的资金，让县里专门用来治理河水污染环境的。领导就想沿途看看这河水到底

怎么样儿。书记县长就陪着领导沿着河水走。走着走着,领导的眉头就皱起来。县委书记和县长就看见那河水越来越浑。他们心里明镜似的,为发展经济招商引资,这上游建了几个选矿厂,那水就浑了,按理说,下游建了水库,上游是不允许建有污染水源的工业企业的。领导也不说话,车继续往前开,走着走着,领导的眉头舒张起来。县委书记和县长就看见那玉带河的水清清凌凌的,让人心里也干净。

又走了一会儿,领导就看见了杨老帮。杨老帮正站在河边往外捞垃圾呢。

领导立即高兴了。就下车来到杨老帮面前。

领导问:"老乡,谁让你这样做的?"

杨老帮答:"没人。我自己要这样做的。"

领导来了兴趣,又问:"为什么要这样做?"

杨老帮答:"就为一个人。"

领导忙问:"为谁?"

杨老帮答:"一个戴眼镜的人,他让我喝了他办公室的水,他还告诉我,那水是我们这河里流过去的。"

领导有些莫名其妙。就说:"你详细跟我说一说,到底是怎么一回事儿。"

杨老帮就把他那天在城里的遭遇跟领导说了一遍。

领导好半天没有言语,只是揉了揉眼睛。

领导突然伸出手来,握住了杨老帮粗糙的大手。领导说:"我代表那个眼镜同志好好谢谢你!那个眼镜同志是个好市民,你更是我们的好市民!"

领导走时,对陪同的清水县县委书记和县长说:"贵县有这样的老百姓,可真是你们的好福气啊!"

后来,那个领导又来过一回,是给杨老帮颁发"荣誉市民证书"的。而且,领导还给杨老帮这个村带来了许多捐款,用来资助村里保护玉带河水源,绿化荒山的。

杨老帮无论如何有没想到,他会成了那个大城市的"荣誉市民",会和那个大城市有如此密切的联系。

杨老帮想:把他和那个大城市联系在一起的,就是这条小河啊。

很好的一条小河。

一棵树

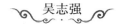

吴志强

八十年代中期，爷爷在我们老家的集镇上开了一爿家具店。爷爷曾经是木匠，因此，店里的家具基本上都是他自己打的。当时，大街上有几家家具店，但没有一家生意有爷爷做得好的。其实，每个家具店的品种和款式都差不多，由此，我禁不住问爷爷：为什么集镇的人都买我们店的家具，都说我们店的家具好呢？爷爷神秘地笑了笑，说："明天就带你找答案。"

第二天一大早，天刚蒙蒙亮，爷爷就把我从床上叫起来。他早就套好了牛车，带好了钢锯。我知道，爷爷要带我去山里伐木材。行了十里多路，我们终于来到大山脚下，要说是山，其实并不高，制高点也不过几十层楼房的尺度，但老家人都这么喊。

爷爷把牛车拴在了山脚下，拉着我的手一直往山顶攀。我好奇地问爷爷："山脚下那么多树可伐，为什么要费这么大力气爬到山顶去。"爷爷笑了笑，用手指了指旁边几棵树说："你抱抱，看它们究竟有多大。"那年我才七八岁，根本不明白爷爷的用意。但还是伸出双手，一连抱了好几棵，我发现，这几棵树中最大一棵我双手环抱还有那么一大截手重叠。攀主山尖，爷爷又指了指旁边几棵树让我抱抱，这里每棵树我双手都抱不过来。这时我才明白，山顶的树比山脚的树要粗壮。

"山顶的树不仅粗壮，而且夯实，用它们来打家具，非常牢固。"

爷爷一边锯树，一边向我解释。

"同样一种树，为什么山顶的粗壮，山脚下的树细小呢？"

我打破砂锅问到底，爷爷停下手中的活，揩了揩额角上的汗珠，不温不火地指了指山北方向，问我："你看，山北边有什么？"我顺着爷爷手指的方向看了看，眼前一片空旷，极目远眺，好像是天的尽头。于是摇头回答说："什

么都没有啊!"爷爷很肯定地接过话茬:"有,而且很大,那是从遥远的北方刮来的风和西伯利亚刮来的寒潮。"爷爷一手叉腰,一手远指,犹如一位哲学家。

"这和风与寒潮有什么关系呢?"我大惑不解。

"当然有关系,长年经历风吹雨打的树木,生命力极强,根系特别发达,根系发达,从泥土中吸取的养分就充足,因此,长得也特别粗壮。"说着,爷爷转过身指了指山南的山脚,继续向我道来:"你再看看那些树,背后有大山抵御风和寒潮,很少受自然界侵袭,从树枝到根系都得不到锻炼,长得也就瘦小脆弱。若用它们来打家具,不仅易折易裂,而且易受病虫腐蚀。"

听完爷爷的讲解,我恍然大悟。于是,在山顶英雄般地立下豪言壮语:"我长大了一定做棵山尖上的大树。"

爷爷听后,摸摸我的头,爽朗地笑了。